講談社文庫

世紀末の隣人

重松 清

講談社

目次

8 まえがき

10 文庫版のための付記

13 夜明け前、孤独な犬が街を駆ける

一九九九年九月、残暑厳しい東京・池袋の白昼の繁華街で、通り魔殺人事件は起きた。

35 nowhere《ひとりぼっちの》 man《あいつ》

ワイドショー、バラエティ……、テレビの画面にかかるモザイクの向こうに何があるのか。

不明女児 遺体で発見
遺体をバッグに新幹線
お受験合格が暗転

57 ともだちがほしかったママ

各紙が大きく報じた音羽の幼女殺人事件。当初、「お受験」がこの事件を解くキーワードと言われた。

103 当世小僧気質

「出家」がブームだという。人は何を〝宗教世界〟に求めるのか。

81 支配されない場所へ

「てるくはのる」――奇妙な記号を遺して、容疑者は自らの生命を絶った。

125 桜の森の満開の下にあるものは……

少女監禁事件を追って新潟・柏崎の現場へ。坂口安吾の文庫本をポケットにねじこんで――。

147 晴れた空、白い雲、憧れのカントリーライフ

青い空と緑の大地。都会人の多くは「田舎暮らし」に憧れる……。

191 「街は、いますぐ劇場になりたがっている」と寺山修司は言った

和歌山ヒ素カレー事件の主役の家は、解体の日も人垣ができて……。

169 寂しからずや、「君」なき君

二〇〇〇年五月に起きた、バスジャック事件の犯人も十七歳だった。「十七歳」は危険な年齢と言われているが。

215 熱い言葉、冷たい言葉

カルロス・ゴーンの号令一下、日産自動車村山工場が閉鎖される。従業員の暮らしは、家族は、どうなるのか。

237 年老いた近未来都市
デパートが撤退するニュータウン。
アウトレット・モールがオープンするニュータウン。
あなたはそこに暮らしつづけますか。

259 Ａ《ア》Ｉ《イ》ＢＯ《ボ》は東京タワーの夢を見るか
大ブームとなった〝大型ペットロボット〟。
彼もまた、ぼくたちの新しい「隣人」だ。

285 解説 山崎浩一

世紀末の隣人

まえがき

本書に収められた文章の初出は、月刊総合誌「現代」である。連載時には「世紀末の十二人の隣人」とタイトルが冠せられ、サブタイトルのかたちで〈寄り道・無駄足ノンフィクション〉というフレーズがぶら下がっていた。

なんとも気勢のあがらないサブタイトルである。初手から逃げ口上を打《ぶ》っているのではないか、とお叱りを受けたこともある。

だが、書き手の本音としては、この〈寄り道〉と〈無駄足〉にこそ、こだわってみたかった。さらに深いところの本音を言うなら、ここに〈蛇足〉という言葉を加えてみてもいい。

本文中にもその呼称が繰り返し登場するはずだが、ぼくは書き手としての自分を読み物作家と位置づけている。ルポライターでもノンフィクション作家でもない。フリーライターとして雑誌記事や単行本の仕事はそれなりに数多くこなしてはいても、自らの足で取材をしたことはほとんどない。業界用語で言えばアンカーマン——取材記者が集めてきたデータ原稿を、求められた分量やテイストに合わせて再構成し、一編の読み物に仕立てあげる仕事ばかり、今日に至るまでつづけているのだ。

だからこそ、「ノンフィクションを書いてみないか」というお誘いを受けたとき、ぼくはまず、ルポルタージュには必須の〈追跡〉を放棄した。事件の報を受けてすぐさま現場へと赴く〈速さ〉も、おそらく編集部の期待には添えないだろうと最初に告げた。ルポライターやノンフィクション作家の真似事をするつもりはない。できるとも思わない。ただ、読み物作家として、事件や状況に遅れればせながらの〈蛇足〉を付けてみたかった。そのための〈寄り道〉を、ときには〈無駄足〉の道行きを、読み物としか名付けようのないかたちで書き綴りたかった。

目論見が成功したかどうかの判断は読者にお任せするしかないのだとしても、書き手のわがままを許してくださった「現代」編集部には深く感謝したい。

連載は、一九九九年末に始まって、二〇〇〇年末に終了した。取材のプロフェッショナルである三人の記者——鈴木正博氏、山岸朋央氏、藤吉雅春氏の軽やかなフットワークに導かれ、「寄り道しすぎじゃない？」と苦笑交じりに肘を引かれながらの連載だった。

出不精の読み物作家は、連載開始にあたって、まずタウンシューズを新調した。次にウインドブレーカーを買った。

なにごとにも形から入る、一九六三年生まれ——かつて新人類と呼ばれた世代の頼りなさを背負って、ぼくは世紀末の街へと足を踏み出したのだった。

文庫版のための付記

単行本版の刊行から、もうすぐ三年が過ぎようとしている。原稿を執筆した時点から数えると、四年。すでに時代は二十一世紀に入り、「世紀末」という言葉も、またしばらくの間は死語になってしまうのだろう。

「いま」に寄り添うことをこそ身上とするはずのルポルタージュである。単行本版刊行から三年もの時をおいた、しかも新たな取材を加えない形での文庫化には、多少のためらいや後ろめたさもないわけではない。「蛇足」にもそれなりの有効期限があるんだぞ——というお叱りは甘受せざるをえないだろう。

しかし、足の伸びすぎた蛇であるなら、いっそその足をくわえてしまえ、という気もする。いびつなウロボロスである。そのほうが、ぼくたちが生きている「いま」という胡乱《うろん》な現実にはふさわしい。ウロンでボロっちいウロボロス。なんてことを言うから、おまえの文章は腰の退《ひ》けた屁理屈と言い訳とこじつけだらけだと批判されてしまうんだな。

ひねた言葉遊びはともかく、二〇〇三年の秋、文庫化にあたって単行本版を読み返してみたら、結局ウロボロスなんだな、とあらためて実感した。二十世紀が『サザエさん』に最終回を用意できないまま新しい世紀へバトンを渡してしまったように、世紀末の一年間にぼくたちと袖振り合った隣人たちは、いまもまだ我らが隣人でありつづけている。もしかしたら、あの頃よりもむしろいまのほうが距離は近づいているのかもしれない。文庫化にあたって、タイトルにあえて「世紀末」と冠したのも、隣人たちの、いわば出生地を明らかにしておきたかったからである。彼らの現住所は、更新されつづける「いま」だと思うからこそ。あくまでも「現役」の一冊として、ハンディな装いにあらためられた拙著をお読みいただきたい。それが著者からの、ささやかな（でもよく考えたら、ひどくずうずうしい）望みである。

文庫化にあたっては、講談社文庫編集部の堀沢加奈さんにお世話になった。また、解説を寄せていただいた山崎浩一さんにも心から感謝する。単行本版につづいてカバー写真は中野正貴さんの作品を使わせていただき、装幀は鈴木成一さんにお願いした。両氏にも深く感謝したい。

さて、前口上はここまで。

懐かしいのになまなましい、そんな隣人たちの世界へ、ようこそ――。

二〇〇三年十一月

重松　清

そう、ここは戦場でもなければ、刑場でもない。
（……）ぼくに出来ることと言えば、
せいぜい、報告書を書きつづけるくらいのことだろう。
（……）それも、ただ、説明出来ないことを説明するだけの、
無意味な事実のまわりを、遠まきにしてまわりながら……

安部公房『燃えつきた地図』

夜明け前、孤独な犬が街を駆ける

1

少年は、陽の射さないアパートの一室で処刑のための地図をつくりながら、呪詛《じゅそ》に満ちた声でつぶやきつづける。

〈絶望だ、ぜつぼうだ、希望など、この生活の中にはひとかけらもない〉

〈可能性なんかありゃしない〉

〈ぼくに希望などない、絶対にない〉

少年は十九歳。予備校生。新聞配達のアルバイトで自活しなければならず、〈大学などとっくにあきらめている〉〈あぶなっかしいところにいてバランスをとりそこねているサーカスの綱渡り芸人のようにふらふらし、綱がぷっつりと断ち切れて、いまにも眩暈《めまい》を感じながらとりかえしのつかないところにおちてしまいそうな状態〉にいる若者である。

どこにでもいそうな、けれど、実際にはどこにもいない。彼は小説の主人公。一九七三年、故・中上健次が二十六歳で書いた『十九歳の地図』の主人公なのだ。

作品のストーリーに大きな起伏や展開はない。中上健次はひたすら、克明に、粘りつくような文体で、少年の鬱屈と孤独と破壊衝動を描いていく。

少年は毎朝、新聞の束を肩から提げて、夜明け前の街を疾走する。

〈この街を、犬の精神がかけめぐる〉

〈おれは犬だ、隙あらばおまえたちの弱い脇腹をくいやぶってやろうと思っているけものだ〉

〈この街をかけめぐる犬の精神に、感傷はいらない〉

少年はひそかに地図をつくっている。物理のノートに自分の配達受け持ち区域の地図を描き、一軒ずつ処刑の×印をつけていく。処刑といっても、たいしたものではない。右翼を騙《かた》って脅迫電話をかけたり、間違い電話を装って自分の屈折した思いのたけをぶちまけたりが、関の山だ。

それでも、彼はつぶやく。

〈ぼくは完全な精神、ぼくはつくりあげて破壊する者、ぼくは神だった。世界はぼくの手の中にあった。ぼく自身ですらぼくの手の中にあった〉

さらに、こんなふうにも。

〈あんまり有頂天になって生きてもらっては困るのだよ、世間にはおまえたちが忘れてしまったものがいっぱいあって、いつでもおまえたちの寝首をかこうとしているのだからな〉

作品中で〈ぼく〉と自称するこの少年に、名前はない。

だから、〈ぼく〉は誰にでもなれる。若き日の中上健次の姿をそこに重ねてもいいし、政治の季節に遅れてきた若者のいらだちと空白感を読み取ってもいい。いや、作品は作家の生を超えて生きつづける。一九七三年に発表された『十九歳の地図』を一九九九年秋以降に読み返すとき、〈ぼく〉は、たとえばこんな固有名とも置き換えが可能になるだろう。

造田博《ぞうだひろし》——一九九九年九月八日、東京・池袋の繁華街で十人の通行人を襲い、うち二人の女性を殺害した通り魔事件の被告である。

事件発生時には住所不定の無職だった造田は、その数日前まで東京都足立区の新聞販売所に勤めていた。

『十九歳の地図』の〈ぼく〉と同様、夜明け前の街を朝刊の束を抱えて駆けめぐっていたのである。

＊

〈ぼくの配達の受け持ち区域は繁華街のはずれの住宅地だった。そこは奇妙なところでばかでかい家があると思うと、いきなりいまにも強い風が吹くと柱がたおれてマッチ箱がつぶれるように壊れそうなつぎはぎだらけの家があった。スナックやバーがあるかと思えば朝はやくからモーターをまわしてパタンパタンと機械の音がひびく印刷工場があった。そこはこうじょうではなくこうばの感じだった〉（『十九歳の地図』・以下同）

＊

足立区北千住は、『十九歳の地図』の〈ぼく〉が地図を描いた街と、どこか似通った雰囲気を持っている。

北を荒川、南を隅田川が流れる中州の街・北千住は、江戸時代の宿場町である。一六二五（寛永二）年、徳川将軍家光の時代に日光街道最初の宿場に定められ、水戸佐倉道への分岐点ということも手伝って、諸大名の参勤交代はもとより日光・東照宮への将軍参詣の中継地として大いに栄えていた。

現在の北千住も、東京北東部の交通の要衝。北千住駅にはJR常磐線快速、常磐線各駅停車、営団地下鉄千代田線、日比谷線、東武伊勢崎線が通り、さらに加えて近い将来には常磐新線も開通予定だという。

駅西口のロータリーからまっすぐに延びる通りが、街のメインストリートになっている。歩道の上にアーケードがかかった、一昔前の趣の商店街は、居並ぶ店の一軒一軒に〈1010〉のフラッグが掲げられている。1010——センジュ、である。

幅の狭い歩道は路上駐車の自転車が乱雑に並び、路線バスの停留所も兼ねているせいもあって、雑然とした雰囲気だった。宝飾店が目立つ。ブランド品の安売り店もある。

十一月初旬の、土曜日の午後である。小春日和と呼ぶには、一九九九年の秋は深まるペースが遅いし、なにより今日の陽射しは強すぎる。アーケードは陽光を防いでくれるぶん、風通しを悪くする。むっとするような熱気やにおいが足元から包み込むようにたちこめて、駅から歩きだしたばかりだというのにシャツの背中が汗ばんできた。

北千住という街のイメージは、決してお洒落なものではない。たとえ交通が便利で、物価も安そうだとしても、地方から上京してきた若者が、少なくともぼくの世代——一九八〇年代前半の若者が好んで暮らそうとするような街ではなかった。渡辺和博による『金魂巻』の㊎㋪に象徴されるように、世のあらゆる事象の細かな差異と戯れていたあの頃、「足立区」「北千住」といった地名は、それだけで「ダサい」と失笑をかってしまう存在だった。その感覚は、いまもさほど変わっていないはずである。

だから——。

造田は、なぜ、北千住を選んだのか。

それがわからない。

報道される供述からは北千住という街への思い入れも彼の東京観も窺い知ることはできないし、むろん街を歩いたからといって答えが見つかるわけでもない。覚悟している。確信犯である。答えなど期待しないでほしい、と開き直ってもいる。世代や時代に寄りかかって、安易に自分と誰かとを「同じだ」とは言いたくない。

刑事でも探偵でもルポライターでもない読み物作家のぼくにできるのは、追跡ではなく、寄り道と無駄足を書き綴ること。ひとつの事件から解答を得るのではなく、問いかけを引き出すこと。「わからない」を「わかる」ための文章が書ければいいな、と思っている。

十分も歩かないうちに、日光街道——国道四号線の交差点に出て、商店街は終わる。片側三車線の広い通りは、平日の夜はトラック、週末の夜には暴走族のバイクの音で、ひどく騒がしいのだという。

その日光街道を南にしばらく歩き、一本奥の通りに入ったところに、造田が勤めていた読売新聞の販売所がある。

上京してきたばかりの造田が、就職情報誌で求人広告を見て「まだ募集はしていますか」と販売所に電話をかけてきたのは、一九九九年四月だった。二十四日に所長による面接を受け、翌二十五日の朝には彼は早くも朝刊の束を抱えて、夜明け前の街に駆けだしている。

〈犬の精神〉で。

2

一九七五年に生まれた造田博の故郷は、岡山県児島郡灘崎町。岡山、倉敷、玉野の三市に囲まれた、児島湖西岸、人口約一万六千人の町である。児島湖は瀬戸内海の児島湾を淡水化した湖で、明治中期以来の大規模な干拓事業でも知られる。灘崎町も、かつては児島湾に面した漁村だったが、現在は町の面積のほとんどを干拓による農地が占めている。

「農業用地として補助金を受けて開発されたために転用ができず、主たる産業はない」（町役場産業課）とはいうものの、児島湖沿いに農地が広がる風景は、どこか日本離れした雄大さを感じさせる。ちなみに、農地の涯に地平線が見える場所は、全国でも秋田県の八郎潟とここ灘崎町の二ヵ所しかないのだという。

造田の生家は、山沿いの集落にある。干拓の始まる以前からの、いわば旧集落である。

むろん彼が当時を知るはずもないのだが、かつては漁村だった故郷が干拓によって農村に変わってしまったというのは、読み物作家の想像力をいたく刺激するものがある。

人為的につくり変えられた故郷――。

漁村としてのアイデンティティを喪失してしまった故郷――。

そこに彼自身の生い立ちを重ね合わせると、皮相な伏線が浮かび上がってくる。

造田は、大工の父親と、母親、四歳年上の兄の、四人家族だった。

一九九一年、町立灘崎中学校を卒業し、県下でも有数の進学校・県立倉敷天城高校に入学。中学三年生のときの担任教師は、やりきれない表情で当時を振り返る。なぜなら、彼は事件の直前まで、後輩たちのお手本だったのだから。

「彼は中学三年の一年間で驚くほど成績が伸びたんです。一、二年生の頃は下から数えたほうが早かった成績が、卒業の頃には学年のトップクラスになっていました。『がんばればできるんだ』ということで、いまの生徒たちにも彼の話をよくしていたんですが……」

しかし、高校に入ると、その生活は一変する。父親が肝臓病を理由に仕事を休んではギャンブルに出かけ、生命保険勧誘の仕事をしていた母親もパチンコ、競艇、競輪にのめりこんでいった。

ギャンブル仲間や親戚、サラ金からの借金は雪だるま式にふくれあがり、総額数千万円にのぼった。両親は借金取りの追及を恐れて、しだいに家によりつかなくなる。当時大学生の兄は広島県に住んでいたため、造田は一人で我が家を守るしかなかった。

借金取りは一日中、家を見張っている。造田は学校へも通えず、夜も電気すら点けられない。最初のうちは深夜に帰宅した両親からコンビニ弁当を受け取ることもあったが、やがてそれも途絶えがちになり、高校二年生のとき、ついに両親は失踪。

高校を中退した造田は兄を頼って広島へ向かい、一家は故郷を捨てた。

その後、造田は職と街を転々とした。これまでに報道されているだけでも、広島県内の塗装会社、パチンコ店、兵庫県の照明器具工場、京都市の染色会社、東京・世田谷区の新聞販売所、名古屋市の自動車メーカー……いずれも一ヵ月から数ヵ月働いただけで、職場から姿を消している。

流れつづけた。

根無し草の日々である。

帰るべき故郷を喪《うしな》い、家族というつながりを一方的に断ち切られた青年は、〝孤〟の旅をつづけながら、再び、東京にやってきたのだった。

＊

「とにかくですね……」

造田の勤めていた新聞販売所の所長は困惑した表情で、そして取材攻勢に多少は辟易《へきえき》した気分もあるのだろうか、ため息交じりに言った。

「彼は真面目でしたから、私のほうからなにか注意したりといったことが一度もないんです。遅刻したり新聞の不着があったりすれば、こっちも『おい、おまえ、どうしたんだ』なんて話ができるんですが、彼の場合はその機会がなかったんです。自分から話しかけてくるようなこともなかったし」

確かに事件直後の報道でも、各メディアはそろって造田のことを「口数が少なく、仕事ぶりは真面目だった」と伝えている。

「なにか仕事に対して不満はないか」と同僚に尋ねられたときの造田の答えは、「ない」。

なるほどいかにも、就職の際の履歴書に自身の長所を「気分が高ぶること、低くなることなし」と記したという彼らしい言葉である。

だが、「気分が高ぶること、低くなることなし」とは、ずいぶん奇妙な、ぎごちない言い回しではないか。だいいち、これは長所なのか？　就職に向けて自らをアピールするための履歴書に書くべき事柄なのか？　新たな人間関係の中に身を投じる際には、むしろ短所と見なされることのほうが一般的なのではないか？

無口な性格を周囲から咎《とが》められる前に予防線を張ったのかもしれない。自分はキレる若者とは違うんだと言いたかった、という見方もできるだろう。

しかし、ぼくは、この言葉に彼の断念を読む。彼が職場との間に、ひいては社会との間に積み上げた、目に見えない壁の高さと厚さを感じ取ってしまう。

履歴書は職場に提出する書類だが、そこに記す文字を、言葉を、真っ先に目にする者は、ほかの誰でもない自分自身である。彼は「気分が高ぶること、低くなることなし」を長所として書きつけたことで、感情を剝ぎ取って生きる自分を肯定し、そのように生きることを自らに誓った。

「気分が高ぶること、低くなること」は、感情の起伏と言い換えられる。あるいは、喜怒哀楽でもいい。彼はそれを放棄して社会の中で生きようとしたのだと、ぼくには思えてならないのだ。

事件後の報道によると、造田は犯行の動機を「社会に認められないので、人を殺そうと思った」と供述したという。だが、その言葉を新聞配達の日々の鬱屈と直接つないでしまうのは短絡的にすぎるような気がする。

彼は、少なくとも北千住にやってきた時点では、自分が「社会に認められない」存在だということをすでに受け入れ、それを選び取っていたのではないか。

たとえ高校中退であろうとも、両親が借金を残して失踪していようとも、自分の腕一つで周囲に存在を認めさせられる仕事は、いくらでもある。

風俗関係でもいい、金融でも、技能系の職場でもいい、彼が手にした求人情報誌にはその種の募集広告も載っていたはずだ。住み込みの仕事だってあるだろう。収入の面でも、四、五年勤務で毎月の給与が二十〜二十五万円という新聞配達よりも率のいい仕事は数多い。

それでも彼は、新聞配達を選んだ。

販売所で新聞を受け取ったあとはそれぞれの受け持ち区域に散っていく新聞配達は、徹して〝孤〟の仕事である。まだひとびとが目覚める前の街を駆ける、これも〝孤〟。そして、新聞配達員に求められるのは、毎朝夕に新聞を配りつづける真面目さであり、ひとを出し抜いてどうこうという優秀さではない。彼は、決して他者と競わず、交わらず、だからこそ「気分が高ぶること、低くなること」のない仕事を、自ら選んだのだった。

ぼくは想像する。

上京したばかりの彼が、電話ボックスのそばのベンチでもガードレールでもいい、どこかに腰かけて、求人情報誌をおもむろに開く姿を。〝孤〟の仕事を探し、街への憧れなどはなから持たず、目に留まった求人広告から順に問い合わせの電話をかけていく姿を。誰かとつながることを放棄し、〝孤〟でありつづけようとする一人の若者の断念を。

＊

〈朝、この街を、非情で邪悪なものがかけまわる。この街にすむ善人はそんなことも知らず、骨も肉もとろけるほど甘い眠りをむさぼっている〉

＊

もちろん、新聞配達という仕事が「社会に認められない」ものだとは言わない。一攫千金とは縁遠くとも、勤勉に勤め上げていけば少なくとも職場では認められるはずだし、貯金もできるだろう。

だが、造田には北千住での暮らしを長くつづけるつもりはなかったようだ。

販売所が従業員用に借り上げていた民家の二階に入居した彼の所持品は、リュックサックだけ。まさに身一つ。一階に住む家主が見かねて布団を貸したほどだった。

ある新聞販売所の所長は、数多くの配達員を採用してきた経験から、造田は最初から二、三ヵ月で姿を消すつもりで北千住に来たのではないか、と言う。

「夏を越しているのに、彼は冷蔵庫を買っていなかったんでしょう？　食事は販売所の賄いだったとしても、飲み物ぐらいは自分の部屋で飲むでしょうから、やはり最初から腰掛けで、いつでも出ていけるように荷物を増やさなかったんだと思いますよ」

そんな造田が春の終わりから夏の終わりまでの日々を過ごした住まいは、販売所から徒歩十数分、北千住駅を真ん中にする形で、街の北側にある。販売所と同様、日光街道から一本奥に入った場所だ。

このあたりの町並みは、おそらく戦前のまま区画整理がなされていないのだろう、自動車が一台通るのも危なそうな細い路地が網の目のように張り巡らされている。

造田の勤めていた販売所の所長は、「彼の配達受け持ち区域を教えてください」という問いに、「それはちょっと……」と言葉を濁した。しかし、いずれにしても、彼が新聞を配っていたのは郊外のニュータウンではない。部外者の侵入を阻む迷路のような、だからこそ逆にその中に包み込まれてしまえば居心地の良さそうな、田舎育ちの上京組にとってはどこか懐かしく、けれど最もよそ者であることを思い知らされてしまう、そういう街である。

たどり着いた彼のねぐらは、細い路地からさらに一本奥へ、ひとが一人歩くのがやっとの、家と家の隙間と呼んだほうがよさそうな小径を進んだところにあった。

木造モルタルの、古びた、小さな一軒家である。最初から下宿屋としてつくられたのではなく、かつて二階を使っていた子供たちが独立して家を出ていったあと、その空き部屋を貸間にした、という風情だ。

隣家の壁がすぐそばまで迫っているので、陽当たりは悪いだろう。玄関は一階の家主と共同。トイレと小さな炊事場ぐらいは二階にあるのかもしれないが、たぶん、風呂は、ない。

なんの飾り気もないのっぺりとした二階の外壁に、奇妙なものを見つけた。十年ほど前の流行り言葉で言えば「トマソン」——無用の長物。この家の二階には、外に出るためのドアがついている。だが、階段がない。二階の住人がドアを開けて外に出ようとしたら、まっさかさまに落ちてしまうのだ。『ドラえもん』の〝どこでもドア〟をもじって名付けるなら、これは〝どこにも行けないドア〟だ。

もともとついていた階段をはずしたのか、つけるはずだったものが結局つけられなかったのか、理由はわからない。

ただ、どこにも行き場のない〝出口〟だけが壁にぽつんと穿たれている光景は、なにかぞっとするような禍々《まがまが》しさを感じさせる。

造田は、あのドアを開けようとしたことがあったのだろうか。

3

造田博の部屋には、すでに新しい住人が入っていた。玄関の引き戸の脇に、そのひとの苗字をワープロ文字で記した小さな紙片が貼ってある。表札と呼べば呼べる、だが、それは独立した住まいの証としてはあまりにもちっぽけで、頼りなげなものだった。

住人が入れ替わるごとに同じサイズの紙を貼り重ねているのか、〝表札〟は分厚くふくらんでいた。一枚剝がせば、そこに造田の名前もあるのかもしれない。

さらに一枚、もっとさらに一枚……〝どこにも行けないドア〟のある部屋で寝起きしたひとたちは、なにを思い、なにを夢見て、なにを嚙みしめながら日々を過ごしていたのだろう。

家主の承諾が得られなかったために家の中に入ることはできなかったが、もしもそれがかなえられたなら、ひとつだけ、見ておきたいものがあった。部屋の内壁に、セロテープか糊か画鋲の跡を探したかった。

造田は、部屋の壁にこんな言葉を書いた貼り紙をしていた。

「努力しない人間は生きていてもしょうがない」

中学三年生のときの彼は、努力して、勉強の成績を大幅に上げた。がんばれば、できる。やれば、できる。自分の努力ではどうにもならないことで故郷を奪われ、家族を喪い、〝孤〟の生を生きてきた二十三歳の彼は、それをどこまで信じていられたのだろう。

部屋には貼り紙の他に、走り書きのメモも残されていた。

「わし以外のまともな人がボケナスのアホ殺しとるけえのお。わしもアホ全部殺すけえのお」

「アホ今すぐ永遠じごくじゃけんのお」

故郷の方言――話し言葉である。

彼は、メモに文字を書き殴るだけではない、この言葉をつぶやいていたはずだ。このメモは、つぶやくように書かれたメッセージだ。

誰に？　彼はこの言葉を、誰に向けてつぶやいた？

「アホ」とは、誰を指している？　「努力しない人間」でいいのか？

おそらく、彼自身にもそれを誰と名指しすることはできないだろう。ただ、「アホ」がどこかにいる、必ずいる、という確信はあったはずだ。

報道によると、彼は「かねてから仕事をせずに遊び惚けている人に腹が立っていた」と供述したらしい。

だとすれば、「アホ」は数限りなくいる。

地図に次々と処刑の×印を書き入れていく『十九歳の地図』の〈ぼく〉と同じだ。

〝どこにも行けないドア〟のある陽当たりの悪い二階の部屋で、造田もまた、地図をつくっていた。ノートには収まりきらないほど茫漠とした、輪郭のない、処刑地図を。

池袋の繁華街は、その地図の、たぶんごく一部に過ぎない。

＊

〈玄関の戸と戸の隙間に新聞をさしこみながら、不意にぼくは、この家の中では人間があたたかいふとんの中で眠っているのだというあたりまえのことに気づき、そのあたりまえが自分にはずっと縁のないものだったのを知った〉

〈電話ボックスの硝子に映ったぼくが頭をかき、顔の両眼が、まるで外からボックスの中に逃げこんだ獲物をおう犬のようにこのぼくをみつめていた。だいっきらいだ、なにもかも。反吐がでる。のうのうとこんなところで生きてるやつらをおれはゆるしはしない〉

＊

一九九九年九月四日未明、朝刊を配達する午前三時になっても、造田は販売所に姿を現さなかった。不審に思った所長が携帯電話で連絡をとろうとしたが、彼は電源を切っていた。

仕事というつながりを断ち切った二十三歳の〝孤〟は、ねぐらをも捨てた。〝どこにも行けないドア〟は、彼の心の中で開いた。

九月五日、六日と無断欠勤がつづき、六日付で懲戒解雇。部屋には家財道具がそのまま残されていた。約四ヵ月余り一人暮らしをつづけながら、部屋には家具らしいものは見あたらなかった。

ある週刊誌の報道によると、事件後、警察が部屋から押収した数少ない所持品の中には、『十九歳の地図』の単行本が含まれていた、という。

＊

造田は、はたして〝孤〟の日々に不満を抱いて無差別殺人に及んだのだろうか。誰ともつながりを持たないことに耐えきれず、自暴自棄になったのだろうか。

そう考えるのが最もすんなりくるかもしれない。

しかし、読み物作家の想像力は、逆の意識を読み取ってしまう。

供述によると、彼が犯行を決意したのは九月一日前後。そのきっかけは、寝入りばなにかかってきた無言電話に腹を立てたことだ、という報道もある。

電話を持っているからこそ、誰かとつながっていられる。だが、誰かとつながっているからこそ、無言電話の標的にもなってしまう。

彼が憎んでいたのは、誰かとつながっている状態のほうではないか。彼は、「社会に認められない」自分を、徹底した〝孤〟の自分を、突き詰めようとしたのではないか。

北千住をあとにした彼は、赤坂のカプセルホテルに宿泊し、昼間は池袋のゲームセンターに通っていた。赤坂から遊びに行くなら渋谷や新宿のほうがずっと近いのだが、彼は繁華街は池袋しか知らなかったと供述している。

繁華街で一人きりの時間をつぶすには、ゲームセンターがいちばんだろう。機械を相手にしていればいい。誰とも話さず、目を合わさず、つながらず、触れ合わず、時間を金で消費することができる。彼は、ここでもやはり〝孤〟を選んでいるのだ。

九月六日、池袋の東急ハンズで、刃渡り約十六・五センチの包丁と、ハンマーを購入。犯行がこの日になる可能性も、あるいは翌七日になる可能性も、ないわけではなかった。彼は、凶器は手にしたものの、大きな事件を起こせば兄に迷惑がかかると考えて、思いとどまったのである。おそらくそれが、彼が最後まで持っていたつながりだったのだろう。

だが、八日には、そのつながりも断ち切られてしまうことになる。

＊

十一月初旬、土曜日の夕暮れ時、ぼくは犯行現場となった東急ハンズ前に立っている。

ちょっとした広場になった東急ハンズ前に、もう事件の名残はない。待ち合わせなのか、何十人もの若者が柱や壁にもたれかかっている。造田が駆け抜けた60階通りも通行人でにぎわい、両側をビルにふさがれた通りは、ざわめきに覆い尽くされている。

群衆の中の孤独——などという紋切り型の言葉を思い浮かべながらぼんやりと広場にたたずんでいると、携帯電話で話をしているひとが数えきれないほどいることに気づく。誰もが誰かとつながっていたい、いつもつながっていたいと願っている——。若者と携帯電話の関係を論じるときに必ず出てくる、これも紋切り型の言葉だ。

九月八日、午前十一時四十分、造田は包丁とハンマーを手に駆けだした。最初に狙ったのは、携帯電話をかけていた若いカップルだった。つながりを憎んだ〝孤〟の狂気が、はじけた。

＊

『十九歳の地図』の〈ぼく〉は、物語の最後で、東京駅に電話をかける。急行列車「玄海」を爆破するという脅迫だ。

電話に応対した職員に「玄海」を爆破する理由を尋ねられた〈ぼく〉は、こう答える。

〈しようがないじゃないか、任意の一点だよ〉

〈点がな、猫だったら猫を殺す、点がみかんだったらみかんをつぶす〉

地図は、そのとき、輪郭を喪った。

〈犬の精神〉は、街の境界線を越えてしまい、もはや自分の居場所すら見つけられない。

＊

六分間の凶行で、造田博は二人の命を奪い、八人に重軽傷を負わせた。

被害者は〈任意の一点〉だったのか。

殺された二人の女性は、どちらも夫と歩いていた。つながっていた。これからもずっと、つながっていられると信じていた。

二人とも、造田が腹立たしく思っていた「仕事をせずに遊び惚けている人」などではない。

ささやかなつながりを慈しみながら、静かに生きていた二人である。

＊

東急ハンズ前からJR池袋駅へ向かって、包丁とハンマーを振り回しながら、〝孤〟が疾走する。約四百メートルを、犬になって走る。

夕暮れの雑踏にその背中の幻を見た――と言うほど、ぼくはセンチメンタルな性格ではない。けれど、造田博の〝孤〟が、ただ彼一人のものだと思うほど、楽天的でもない。

じっと息をひそめる〝孤〟は、いつでも、どこにでも、いる。

ぼくはゆっくりと歩きだす。携帯電話を取り出した。我が家に電話をかけて、「いまから帰るから」と伝える。

少し足早になる。

高校生ら四人が襲われて負傷したカメラ店の前を通り過ぎたとき、有線放送なのか、解散を発表してほどないSPEEDの曲が聞こえてきた。

「……かけがえのないあなたの　かけがえのない人になって行きたい……」

グループ名どおり、わずか三年の活動期間を駆け抜けた少女たちが、歌う。

年甲斐もなくSPEEDのファンだった読み物作家は、知っている。彼女たちの歌はどれも、誰かとつながっていたい気持ちを主題にしていた。

携帯電話をかけている厚底ブーツの若い女性を追い抜いた。目をつぶって声だけを聞けば、この街は——どこの街も、ひとりごとであふれ返っている。

言葉は誰に向けられているのか。

言葉は、誰とつながるためのものなのか。

失踪した造田の両親は、いまに至るまで息子の前に姿を見せていないという。

nowhere《ひとりぼっちの》 man《あいつ》

1

活字メディアが騒ぐほどの〝衝撃〟だったとは思えない。最初から答えがわかっていた——とまでは言いすぎでも、誰もが「そういうこともありうるだろうな」という意識でいたのではなかったか？

トラブルを抱えた夫婦の愛憎劇をスタジオに持ち込んで人気を集めていた『愛する二人別れる二人』（フジテレビ系）のヤラセ問題である。

一九九九年十月頃からの出演者によるヤラセ告白に始まり、番組に出演した埼玉県在住の主婦の自殺が明らかになるに及んで、十一月十八日、フジテレビは番組の打ち切りを発表、同日付で編成制作局長による次のような文書を発表した。

〈3月8日放送の「愛する二人　別れる二人」に出演されたご夫婦のうち、ご主人が別人であったことがフジテレビの調査で確認されました。バラエティ番組とはいえ、結果として視聴者の皆様の期待を裏切ったことをお詫びし、番組を終了させていただきます〉

厳密に言えば、ここには明らかな、そしておそらく確信犯的な事実誤認がある。フジテレビは同番組を〈バラエティ番組〉と見なしているが、一九九八年十月に番組がスタートした際の番組改編資料には、〈愛が燃えている時、そして愛が冷え切った時の究極の状態をノンフィクションでお見せするスタジオトークショー〉と明記されている。つまり、番組の見せ方としては〈スタジオトークショー〉でも、その素材はあくまで〈ノンフィクション〉、すなわち事実に基づいているというのが前提だったはずなのだ。

さらに言うなら、〈視聴者の皆様の期待を裏切った〉という文言もおかしい。〈バラエティ番組〉としての『愛する二人――』は、出演した夫婦が本物であろうとなかろうと、離婚寸前まで来た夫婦の修羅場とパネラー陣の説教とで、じゅうぶんに〈期待〉に応えていたのである。

その〈期待〉には、もちろん「ほんとうにこんな夫婦がいるんだなあ」という軽蔑半分の驚きもあるだろうが、同時に「こんな夫婦がいるわけないだろう」という失笑も含まれていたはずで、だからこそ、同番組はヤラセ疑惑報道に比例するように視聴率を上げていき、報道がピークに達した時期――（結果的に最終回となった）十一月八日放送分で全番組の週間視聴率第一位の二七・四パーセントを記録したのではなかったか。

〈視聴者の皆様〉は、ヤラセが事実だったという結末ですら〈バラエティ番組〉のオチとして受け入れている。そのまなざしに支えられて、『愛する二人――』は人気番組となったのだ。

ならば、フジテレビは、〈バラエティ〉を〈ノンフィクション〉と、〈期待〉を〈信頼〉と、それぞれ言い換えるべきだったのか？

なるほど、〈ノンフィクション番組にもかかわらず、結果として視聴者の皆様の信頼を裏切ったことをお詫びし――〉とあれば、とりあえず文言上の辻褄《つじつま》は合うだろう。

だが、ぼくは、そんななめらかな言葉よりも、担当者が苦しまぎれに書いたに違いない〈バラエティ番組とはいえ、結果として視聴者の皆様の期待を裏切ったことをお詫びし――〉のほうに、寄り道や無駄足の道しるべを見る。〈期待〉の一言に、世紀をまたごうとするこの国の、この社会の、この我々を包み込むなにかを感じ取ってしまうのだ。

＊

「『愛する二人――』は、テレビに関係している人間ならば、ほぼ百パーセントのひとがヤラセがあると思っていたはずです。世の中にあの番組に登場するような夫婦がいないとは言いませんが、毎週毎週というのはどう考えても不自然でしょう」

そう語るのは、民放の関連制作会社のディレクター。

フジテレビの社員も、同様のことを口にする。

「あの番組は、そもそもスタート当初から存続が危ぶまれていたんです。企画の趣旨に合う夫婦やカップルがそう簡単には集まらないだろう、というのが一致した見方でした。番組を企画する段階でも、その点は問題になったと聞いています」

両氏とも、企画じたいに無理があったことを強調している。少なくとも毎週放映のペースで半年、一年とつづけていくのは難しいだろう、と。

しかし、番組は始まった。毎週月曜日午後七～八時というゴールデンタイムのレギュラー番組として。

たとえ建前とはいえ〈ノンフィクション〉として始まったはずの番組が、毎週新たな夫婦を登場させるという〝量〟の要請のもと、実在の夫婦を登場させる〝質〟を捨て——フジテレビの文書の表現を借りれば〈結果として〉、ヤラセをはらんだ〈バラエティ〉に姿を変えていったのは、ある意味、当然の帰結かもしれない。

制作サイドに企画段階からヤラセの意図があったかどうかは、ここでは問わない。無理な企画に局がゴーサインを出した背景——編成部幹部と制作プロダクションとの癒着説も一部では報道されているが、それを追及することも、この文章の任ではない。

ぼくの想像力を刺激するのはただひとつ、ヤラセを隠蔽する装置、裏返せばニセモノをホンモノらしく演出する装置について、である。

放送プロデューサーのデーブ・スペクターは、番組打ち切り決定の報を承《う》けて、出演者の顔にモザイクをかけたことがヤラセの温床だと指摘したうえで、次のように言う。

〈日本人は悩みや相談をオープンにしないところがあるので、もっとオープンになれば、モザイクをかける必要もなくなり、やらせもなくなると思う〉（日刊スポーツ）

正論である。

だが、あえてひねくれた考え方をすれば、モザイクなしで夫婦の修羅場を見せることができるほど日本人の意識がオープンになっていたなら、はたして『愛する二人――』はここまでの高視聴率をマークしただろうか。モザイクで守らざるをえない夫婦のプライバシーを赤裸々にスタジオで開陳するという矛盾を愉しむことが、同番組の人気の大きな一因だったはずなのだ。

また、毎日新聞の『追跡』欄には、こんな一節がある。

〈ムラ社会の日本、世間体を重んじる恥の文化だからか、顔をさらすことにちゅうちょする。そのことにテレビを見る側も次第に慣れてしまう。「モザイクがかかっていても、これは実在の人物なんだ」と。さらに「実在の人物であろうとなかろうと、ホントらしければいいんじゃないか」と〉

しかし、「モザイクがかかっていても、これは実在の人物なんだ」というのは、一九九九年秋の時点でのテレビの見方として、ややウブ過ぎるような気がする。むしろぼくたちは、それを大前提としたテレビのルールのもと、「モザイクがかかっているからこそ、これは実在の人物なんだ」という思いで画面を眺めているのではないか。

モザイクとはつまり、素顔をさらせないようなヤバい(だからこそ面白い)ことを放送しているのだと視聴者に示すサインであり、彼らが実在の人物であることを保証するよすがなのだ。

隠すことによって、より饒舌に伝えられるものがある。見えないことがかたちづくる真実味がある。「見えない」を「聞こえない」に換えれば、トークやお笑い番組の「ピー」音もまた、同じ効果を持つ演出装置だろう。

もちろん、見えないリアリティは、常に「もしかしたら事実ではないのかもしれない」という疑念とともにある。その疑念を可能なかぎり取り除こうとするのが〈ノンフィクション〉の姿勢だとすれば、「ほんとうにこんな夫婦がいるんだなあ」と「こんな夫婦がいるわけないだろう」との狭間——虚実の定かでないモザイクをも含めて愉しむのが〈バラエティ〉なのだろう。

となると、〈バラエティ〉に対する視聴者の〈期待〉に、モザイク・ゾーンを拡大せよ、というものがあってもいっこうに不思議ではない。常識からかけ離れた言動をとる夫婦であればあるほど、「ほんとうにこんな夫婦がいるんだなあ」と「こんな夫婦がいるわけないだろう」との振幅は大きくなるのだから。

その〈期待〉を逆手にとった（あるいは、とらざるをえなかった）のが、『愛する二人——』のヤラセだった。

番組の人気は、スタートから半年をへた一九九九年春、フジテレビが認めている唯一のヤラセの三月八日放送分の前後から急上昇し、絶頂期の十一月に打ち切られた。

〈バラエティ〉は、〈ノンフィクション〉に勝利したのだった。

＊

ひとが、あるひとつの出来事に対するときのポジションは、大きく分ければ〝当事者〟か〝第三者〟かの二種類しかない。

メディアの役目は、本来ならばその出来事を知ることもなかったはずの〝第三者〟を〝目撃者〟にすることである。視聴率や部数とは、〝目撃者〟の数を示す物差しにほかならず、メディアはその数を増やすために日々しのぎを削っているわけだ。

しかし、〝目撃者〟は、なにも出来事に付随して成立する存在ではない。まず〝目撃者〟ありきで、そこから〝目撃者〟が〈期待〉する出来事をつくりあげたってかまわないではないか――というのがヤラセの本質だろう。ましてや、その〈期待〉の中には、モザイクを求める気持ちも含まれているのだから。

『愛する二人――』は〈バラエティ〉として、〝当事者〟をそっくり捏造した。

では、紛うかたなき〈ノンフィクション〉、百パーセントのリアリティが保証されているはずの出来事――犯罪なら、どうか。それを伝える報道は、どうだろう。

犯罪における〝当事者〟とは、言うまでもなく〝加害者〟と〝被害者〟である。

だが、犯罪には必ず両者が必要なのだろうか？　〝被害者〟しか存在しない犯罪もありうるのではないか？　そして、そのときメディアは、モザイクに覆い尽くされた〝加害者〟をどう伝えていくのか……。

自作自演の犯罪である。

2

一九九九年八月二十四日朝、千葉県習志野市に住む十九歳の女子医大生が、大学の試験を受けるために自宅を出た直後、何者かに拉致され、同日夜、名古屋市内の路上で解放された。

ここまでなら、よくある――わけではないが、メディアが大騒ぎするほどの事件にはならなかったはずである。

ところが、〝被害者〟がオウム真理教による松本サリン事件で死亡した大学生の妹で、彼女の父親が教団などを相手取った民事裁判の原告の一人だったということから、様相は一変する。

さらに、〝被害者〟は連れ去られた車の中で〝加害者〟から「裁判をやめないとひどい目に遭うぞ」「(死んだ)兄貴と同じ歳になったな」と言われたというし、加えて六月十五日には、〝被害者〟は大学のエレベータの中で若い男に「裁判から手を引け」と脅され、その前後から無言電話や、自宅周辺を不審な人物が徘徊することが相次ぎ、警視庁や千葉県警はすでに彼女の身辺警護にあたっていたのだった。

ここまで状況が揃うと、〝目撃者〟の〈期待〉はおのずと見えてくる。メディアは、そのまなざしの先にモザイク入りの〝加害者〟像をせっせとつくりあげていく。

活字メディアの報道から、アトランダムに引いてみよう。

〈断定はできませんが、可能性はあるということです〉〈不思議ではありません〉〈疑われても仕方がない〉〈何らかの関係があるとしか考えられません〉〈考えざるをえません〉〈誰もが、「オウムの犯行」と真っ先に思い浮かべたに違いない〉……。まさにモザイクである。

もちろん、あわてて付け加えておくが、各紙誌とも記事ぜんたいのトーンとしては慎重な姿勢を保っている。事件をオウムに引き寄せる言葉は、ほとんどすべて捜査関係者やジャーナリスト、弁護士などの発言という形をとっているし、事件発生当初から狂言の可能性を併記していた記事も少なくない。

それでも、タイトルや見出しは、読者の〈期待〉に寄り添い、煽っていく。

〈サリン遺族をムチ打つ卑劣〉（「AERA」）

〈拉致！　サリン遺族恐怖の12時間でオウムとの点と線〉（「FOCUS」）

〈ポア寸前だった女子医大生拉致でオウムの窮地〉（「週刊新潮」）

〈「オウム犯行」を疑わせるこれだけの事実〉（「週刊文春」）

〈オウム松本サリン犠牲者の妹拉致事件「娘は半年ストーカーされていた」〉（「週刊朝日」）

〈女子大生拉致とオウムの「関係」〉（「サンデー毎日」）

〈「オウム裁判」脅す犯人の正体〉（「週刊読売」）

〈「女子大生拉致事件」で注目すべきはオウム暴走部隊と名古屋の接点だ！〉（「週刊ポスト」）あるいは、〝被害者〟の父親へのインタビュアーとして、有田芳生や大林高士といったオウム報道の中心にいたジャーナリストを起用したり、荒木浩・オウム広報部副部長や松本智津夫被告らの写真を掲載したり……。

皮肉なことに、それは松本サリン事件で第一通報者のK氏をメディアが〝加害者〟と断じてしまった事件をも想起させるのだが、しかし、決定的な物的証拠や目撃証言の出てこないまま、報道は九月半ば頃から尻すぼみになり、十月二十五日の各紙夕刊には、〝被害者〟が自作自演を供述したという記事がひっそりと掲げられることになる。メディアは、〝目撃者〟だけでなく〝被害者〟の〈期待〉にも応えてしまったわけだ。

＊

〝被害者〟の女子医大生は、自作自演の動機を「兄を殺したオウムが憎かったから」と語り、六月の無言電話や大学内での脅迫などもすべて嘘だったと供述した。

拉致事件そのものの自作自演は当日に思いついたもので、大学の成績について悩んでいたとも語っている。

しかし、目先の試験から逃げるためだけの理由で思いついた自作自演だとすれば、六月の脅迫や自宅周辺を徘徊する不審人物の嘘の辻褄が合わなくなってしまう。やはり、オウム真理教への憎悪と恐怖は事件以前から彼女の胸にあったのだろうし、兄の命を奪った松本サリン事件が風化することへの反発もおそらくはあったはずだ。

十一月四日、彼女は軽犯罪法違反（虚偽申告）の容疑で千葉家裁へ書類送致され、事件は終わった。

そのうえで、事件報道のファイルを読み返しながら、ぼくは「じゃあ……」とつぶやいてしまう。

この男たちは誰なんだ――？

六月に彼女がエレベータ内で脅迫を受けた男の風体は、たとえば九月一日付の読売新聞では、こんなふうに報じられている。

〈三十歳前後で身長約一メートル七五。長めの髪を真ん中で分けていて、眼鏡をかけ、黒いTシャツと黒いズボンという姿〉

また、脅迫の前日、帰宅中の彼女をつけ回していた不審な男性については、〈二十七～三十歳くらいで身長一メートル七五。色白で眼鏡はかけてなく、白いズボンをはいていた〉。

さらに彼女の父親は、四月中旬にも帰宅中の彼女を尾行する男性がいたことを明かしているが、その容貌は〈若く、背が高くて色白、髪はぼさぼさ〉。

あるいはまた八月二十九日付の同紙には、彼女の自宅から渋滞に巻き込まれずに走り去る際の〈地元の人しか知らない〉抜け道の近くに住む主婦の話として、〈二、三週間前に白っぽい服を着て、青白い顔をした若い男性が夕方、周辺をうろついていた。髪は短かった〉とも報じている。

むろん、女子医大生が語った男性たちは皆つくりごとだったのだし、主婦が目撃した男性も事件とは無関係だった、というだけのことである。

彼らは実在しなかった。

モザイクの向こう側には、なにもなかった。

しかし、なぜだろう、実在しなかった彼らを、さもそこにいるように見せていたモザイクだけは、事件のからくりが明らかになったあともなお人の形をして中空に浮かんでいるように、ぼくには思えてならないのだ。

そのモザイクこそが、結果的には自作自演だった事件に対して〝目撃者〟が抱いていた、そして女子医大生が抱かせようとしていた〈期待〉――この場合なら、オウム真理教に対する怒りや不安なのだとは言えないか?

＊

「狂言」「自作自演」のキーワードで、朝日・毎日・読売・産経の四紙の記事を検索してみると、興味深い結果があらわれた（記事検索は日経テレコンによる）。
一九九三年　七件
一九九四年　十六件
一九九五年　十二件

一九九六年　十八件
一九九七年　二十五件
一九九八年　二十八件
一九九九年　三十八件

もちろんこれをそのまま事件の数と見なすことはできないが、少なくとも、この数年で「狂言」「自作自演」といった言葉を新聞紙上で〝目撃〟する回数が急増したことは間違いない。

特に、一九九八年七月二十五日に発生した、いわゆる和歌山ヒ素カレー事件以降目立って増えた毒物等混入事件で、それは顕著だ。

一九九九年十月七日までの約一年二ヵ月で、警察庁に報告のあった毒物等混入事件は、四十四件（しかも、この場合の「毒物」は、毒物及び劇物取締法に規定する毒劇物や消防法に規定する危険物に限定されているので、家庭用洗剤や粉石鹼などの混入も含めると数字はさらに上がるだろう）。そのうち、自作自演として〝被害者〟が検挙・補導された事件は十一件にも及んでいる。

借金苦や入院保険金目当てなど動機はさまざまでも、和歌山の事件がなかったなら、はたして彼らは事件を起こしただろうか。

彼らは、実在しない〝加害者〟にリアリティを与えるモザイクの存在を信じていたはずだ。そして、偽りの〝被害者〟を演じるためのモザイクをも。

和歌山の事件はもちろん、その直後から続発した毒物等混入事件を通じて社会にかたちづくられた、きわめてネガティブな〈期待〉――「なにに毒が入っているかわからない」「被害者は無差別」は、〝加害者〟はどこにでもいる可能性があるし、誰もが〝被害者〟になりうるのだと、ぼくたちに教えてくれた。

だからこそ、自作自演の彼らは、たまたま毒入りのお茶やジュースを飲んでしまった〝被害者〟になりおおせたのだし、前述の女子医大生拉致事件と違って〝加害者〟の風体をでっちあげる必要さえなかったのだ。

＊

一方、〝加害者〟が自らモザイクをかけるというケースもある。

たとえば、一九八九年に逮捕された幼女連続殺害事件の宮崎勤被告は、「今田勇子」を名乗って被害者宅に手紙を送りつけている。

また、一九九七年の夏を震撼させた神戸の連続児童殺傷事件の容疑者は、「酒鬼薔薇聖斗」。この事件の場合、容疑者が逮捕当時十四歳のため実名報道がかなわなかったこともあって、モザイクをかけた「酒鬼薔薇聖斗」のほうが、ある種の符丁として社会に流通するという皮肉な結果となった。

「今田勇子」も「酒鬼薔薇聖斗」も、いわばペンネーム、〝加害者〟の内部でおこなわれた自作自演である（ここに「麻原彰晃」という名を加えてもいいだろう）。

二つの事件とも、メディアはこぞって彼らの正体を暴こうとした。ジャーナリストや評論家や学者は、それぞれの〈期待〉に基づいた推理を展開して、モザイクの向こう側を透かして見ようとした。しかし、いままでの寄り道の過程で見てきたとおり、モザイクはその〈期待〉をも呑み込んで、いや〈期待〉があるからこそ広がっていく。

まさに、「酒鬼薔薇聖斗」の犯行声明文にあるとおり、モザイクはずしの推理をすることは〈ゲームの始まり〉にすぎなかったのである。

3

新聞や雑誌のデータベースを渡り歩く足は、一九九八年夏に起きたこんな事件の箇所で、ふと止まった。

東京都港区で、いじめや進路について悩んでいた中学三年の女子生徒が、同学年の生徒と教諭の計二十七人にクレゾール液入りの偽やせ薬を郵送し、それを飲んだ男子生徒が入院――。

女子生徒は送り先の中に自分も含めていた。〝被害者〟になる可能性を自分に残しておいたという点で、広く見ればこれも自作自演だろう。

ただし、この事件は、コンビニなどを舞台にした毒物等混入の自作自演と違って、〝加害者〟の捏造が不可欠である。それだけでなく、郵送しただけでは相手が飲むかどうかわからないのだから、確実に〝被害者〟を生み出す手を講じなければならない。

女子生徒が選んだのは、〈デア・ド・サロン　スタッフ一同〉という架空の、しかしいかにもエステサロンにありそうな名前の店を差出人にすることだった。

彼女は、中学生のダイエット願望という〈期待〉のもとに成り立つモザイクを使って、〝加害者〟と〝被害者〟を同時につくりあげたのだった。

そう考えてみると、もはやモザイクをかたちづくる〈期待〉は、オウム真理教や和歌山ヒ素カレー事件といった、先行する事件の力すら必要としないのではないか。

むしろ逆に、〈期待〉が事件を呼び寄せるということもありうるだろう。

たとえば——。

一九九九年十月二十五日付の新聞各紙は、我が子の虐待日記を公開したホームページがあることを報じた。

ホームページのタイトルは、〈幼児虐待当事者による幼児虐待の記録〉。神戸市内に住む二十八歳の女性事務職員が、五歳になる一人息子を虐待しつづけてきた記録である。

〈息子が〉転んでひざをすりむいた。傷口に塩をすりこんだらパニックのように暴れ出した〉〈保育園のお迎えの時、話し掛けたのにしゃべろうとしない。その瞬間腹が立つ。足を思い切りけっとばし、置き去りにして走って帰って来た〉〈自転車から突き落として、「あとは1人で帰ってね」と命令して、私だけ帰宅した〉〈部屋の隅に押し込んで、「お前はもらいっ子だ」と1時間ささやき続けた〉……。

当然、各紙は内容の真偽を疑いながらも、読者の〈期待〉をはずさないショックと憤りの見え隠れする記事を掲載した。

しかし、この出来事は〝事件〟ではなく〝騒動〟として収束する。

同日の午後、神戸市の児童家庭課に、ホームページの作者と名乗る女性から「子育てのイライラから、うっぷん晴らしに嘘を書き込んだ」という電話が入り、また神戸市も市内の保育所に該当する母子はいなかったという調査結果を発表したのだ。

もちろん、ホームページの内容が嘘だと告げた電話じたい、嘘の可能性は残っている。仮にそうだとすると、モザイクは二重にかけられていることになる。嘘を告白する嘘。万が一、別の女性が「あの電話をかけたひとはニセモノです」と新たな電話をかけ、その女性こそがニセモノだったとしたら、嘘を告白する嘘を告白する嘘ということになっていくし、さらにそこに「じつはあれを書いたのは私です」と電話がかかってくれば……もはやモザイクを取り除くすべはない。

ぼくたちの前には、ただ一人、我が子を虐待しつづける二十八歳の女性事務員が、全身をモザイクに覆われて立っているだけなのだ。

＊

インターネットの匿名性うんぬんといった問題をここで蒸し返すつもりはないが、自殺願望者に青酸カリなどの毒物を送付するホームページを開設していた男性のことは思いだしておくべきだろう。

「草壁竜次」を名乗る男性の開設したホームページを通じて、毒物を宅配便で手に入れた東京都の女性が自殺したのは、一九九八年七月初旬のこと。

捜査員が宅配便の伝票に記されていた携帯電話の番号に電話を入れて事実関係を質したところ、「草壁竜次」は送付を認めた。しかし、携帯電話の契約者は架空の人物で、契約時に使われた健康保険証も偽造、宅配便の伝票にも、むろん偽の住所氏名が記入されていたため、捜査員は声でしか「草壁竜次」との接点を持ち得なかった。

そして、捜査が難航するなか、「草壁竜次」と見られる男性は札幌市の自宅で自殺。動機として、毒物を送った女性がほんとうにそれを服《の》んでしまったことがショックだった、という報道もある。

もしかしたら、彼は、「毒物を手にした自殺願望者がそれを服むか服まないかは、いつまでもモザイクのままでありつづける」と信じていたのかもしれない。モザイクの向こう側に、毒をあおった女性の死という現実を見てしまったことが、彼の自殺の引き金になった……というのは、情緒に流れすぎた想像だろうか。

男性は自殺幇助容疑で被疑者死亡のまま書類送検された。

肉体なき書類送検——「草壁竜次」にとって、それは最もふさわしい事件の終わり方ではなかっただろうか。

いや、自殺し、書類送検されたのは、あくまでも「草壁竜次」を名乗った男性であって、「草壁竜次」はモザイクを身にまとったまま、いまなおネットの片隅で生きつづけているのかもしれない。

かつてジョン・レノンは「ｎｏｗｈｅｒｅ　ｍａｎ」という曲を書いた。ｎｏｗ　ｈｅｒｅ（いま、ここに）／ｎｏｗｈｅｒｅ（どこにもいない）の言葉遊びを隠し持ったこの曲は、こんな邦題をつけられている——ひとりぼっちのあいつ。

「草壁竜次」もまた、この時代のｎｏｗｈｅｒｅ　ｍａｎの一人なのだ。

＊

それにしても——。

ずいぶん遠くまで来たと思い込んでいた寄り道が、じつは振り出しに戻る旅だったのだと気づいて、ぼくは新聞を開いたまま、ため息を、ひとつ。

神戸の虐待ホームページが報道された一九九九年十月二十五日は、女子医大生拉致事件が自作自演だったことが明らかになった日でもあったのだ。そして「週刊ポスト」や「アサヒ芸能」などの週刊誌は、その週に発売された号から『愛する二人 別れる二人』のヤラセ問題追及の記事を大々的に繰り広げることになる……。

二週間後の十一月八日、フジテレビは『愛する二人――』の〝最終回〟をオンエア。

その日の番組では、パネラーの美川憲一とデヴィ夫人の、それこそヤラセめいたバトルが繰り広げられた。モザイクは、相談者の夫婦が実在か否かにとどまらず、パネラーが悩みに回答するという番組の構図そのものにまで広がっていたのだ。

ぼくは思う。

たとえヤラセ問題が噴出しなくとも、肥大しきったモザイクに覆いつくされた『愛する二人――』は、もはや〈バラエティ〉としての最低限のリアリティすら保てず、そう遠くないうちに自壊のかたちで終止符が打たれていたのではないか。

もちろん、自壊は悲しむべきことではない。

なぜなら、それは、視聴者の〈期待〉にどこまでも忠実に応えたすえの結果なのだから……。

＊

泥仕合の罵倒をテレビカメラにさらす若い夫婦がいる。女子医大生をつけ狙う男がいる。毒入りのペットボトルをコンビニの棚に置いて立ち去る人物がいる。中学生にやせ薬を送りつけるエステサロンのスタッフがいる。「今田勇子」が、「酒鬼薔薇聖斗」が、そして「草壁竜次」が、いる。

どこにもいない彼らは、しかし皆、ぼくたちの隣人である。モザイクの向こう側になにがあるのかは知らない。ただ、彼らは、いる。ｎｏｗｈｅｒｅ　ｍａｎはぞっとするほどのリアリティを持って、いま、ここにいる。

そして、〝目撃者〟――ぼくたちの体にモザイクが絶対にかかっていないんだと言いきることすら、もしかしたら、できない。

＊

『愛する二人　別れる二人』の十月四日放送分で、パネラーの一人だった飯島愛は、夫の裏切りに気づかなかった妻に一言、言った。

「だまされてるって、いまのいままで気づかなかったの？」

ともだちがほしかったママ

1

音羽は、女の町である。

フランス語の男性名詞と女性名詞にならって、町を男性／女性で分けるなら、ここは紛れもなく女の町になるだろう。

そもそも、町の誕生のきっかけとなった護国寺は、徳川綱吉が母・桂昌院の願いで一六八一（天和元）年に建立したもので、本尊は如意輪観世音菩薩――女、である。

一帯は一六九七（元禄十）年に護国寺領となり、音羽という名前の奥女中が拝領した。それが地名の由来とされている。さらに、現在は音羽に統合されている旧町名の桜木町、青柳町も、土地を拝領した奥女中の名前から名付けられたのだった。

門前町として大いに栄えた音羽は、やがて周辺に茶屋や遊女屋が立ち並び、岡場所としても知られるようになったという。

東京でも、ということは全国でも有数の文教地区と呼ばれる現在の文京区音羽界隈には、むろん、岡場所時代の面影はない。

しかし、東にお茶の水女子大学、跡見学園、西に日本女子大学という名門女子大が配されたこの町の主役は、いまもやはり――女、なのだ。

そんな音羽で、一九九九年の晩秋、三十五歳の女が二歳の幼女を殺《あや》めた。幼女の母親との間に生じた確執が犯行の動機だった。

事件の経緯を、簡単に振り返っておく。

十一月二十二日正午前、護国寺の境内にある私立音羽幼稚園で、母親・A子さんに連れられて年長組に通う兄を迎えに来ていた春奈ちゃんが、忽然と姿を消した。立ち話をしていたA子さんが目を離した、ほんの数分の間の出来事だった。

居合わせた父母や幼稚園の職員らが一時間にわたって付近を捜したすえ、A子さんが一一〇番通報。しかし、その後も手がかりすらつかめず、翌二十三日、警察は公開捜査に踏み切った。

二十五日午後三時四十分頃、事態は急展開する。警視庁丸の内署に、「春奈ちゃんを殺して静岡県内に埋めた」と山田みつ子被告が自首してきたのだ。

警察が静岡県大井川町にある実家を捜索したところ、裏庭から春奈ちゃんの遺体が発見された。同日午後九時半、みつ子は未成年者誘拐と殺人、死体遺棄などの容疑で逮捕。事件は最悪の形で結末を迎えたのだった。

だが、真の事件は、むしろその瞬間から始まったと言っていい。

みつ子は、春奈ちゃんをよく知っていた。彼女の長男は春奈ちゃんの兄と同じ音羽幼稚園の年長組で、長女は春奈ちゃんと同い歳。三十五歳のみつ子と三十二歳のA子さんも親しい間柄だった。お互いの長男が生後半年頃から知り合っていたというから、付き合いは約五年にもわたる。つまり、春奈ちゃんは〝ママのお友だち〟に殺されてしまったのだ。

女の町・音羽から雑司ケ谷霊園の南端に沿うかたちで西へ向かうと、都電の鬼子母神停留場に行き当たる。

限りない慈悲をほどこす護国寺の観世音菩薩から、他人の子供を次々に殺していったという鬼子母神へ——。

みつ子の五年間は、その道行きでもあった。

そして、ぼくの寄り道と無駄足は、音羽のファミリーレストランの、タイミング悪く保温ポットの底に残っていた一杯分をあてがわれたのだろう、煮詰まった味のコーヒーを啜ることから始まる。

＊

実際、タイミングが悪かった。

いや、良すぎた、と言い換えるべきだろうか。

クリスマスを間近に控えた平日の、午後一時過ぎ。護国寺から徒歩二、三分のところにあるファミリーレストランは、しばらく空席待ちをしなければならないほどのにぎわいだった。

ランチをとるサラリーマンやＯＬも少なくはないが、フロアの中央に陣取っているのは、総勢二十名近い母子連れのグループ。子供の年格好や服装からすると、どこかの幼稚園のお迎えの帰りのようだ。

母親たちはひっきりなしにおしゃべりをつづける。意外と子供たちはおとなしい。退屈してもぞもぞとはしているものの、郊外のファミリーレストランでよくあるような、隣のテーブルを覗き込んだりフロアを走り回ったりというようなことはない。

もしかしたら、これが〝お受験〟の情報交換会というやつなのだろうか。あるいは、誰かをみんなでつるし上げているのだろうか。

みつ子とA子さんも〝お受験〟組だった。グループで、よくこの店に来ていた。みつ子は注文を店員に伝えたりする雑用係のような役割だったという報道がある。おしゃべりの途中でA子さんに軽視されるような態度をとられたという記事もある。さらにA子さんを中心とする何人かに厳しい言葉をぶつけられていた、とも……。

だから、いま目の前にいるグループの中にも第二のみつ子がいないとはかぎらない――と、つい話をまとめそうになってしまって、苦笑いが浮かぶ。タイミングが悪いというのは、そういう意味なのだ。

ぼくは読み物作家である。話にわかりやすいオチをつけるコツは、それなりに知っているつもりだ。〝わかりやすさ〟とは物事の本質を自分から遠ざけておくための装置に他ならないということも、また。

春奈ちゃん殺人事件は、徹底して〝わかりやすさ〟に彩られてきた。

みつ子は、逮捕直後、犯行の動機について「春奈ちゃんの母親との間に心のぶつかり合いがあった」と供述した。どうにでも解釈のできる、抽象的な表現である。

だからこそ、ぼくたちはキーワードを求めた。みつ子の示した抽象に、わかりやすい具体的な輪郭を与えようとした。

たとえば——〝お受験〟。

＊

前述したとおり、みつ子とA子さんの子供二人はともに同い歳で、性別も同じ。きれいな相似形をつくっている二組の母子は、しかし、受験については明暗がくっきりと分かれた。

A子さんの長男は東京学芸大附属竹早小学校の一次選抜に合格したものの、みつ子の長男は不合格。さらに春奈ちゃんはお茶の水女子大学附属幼稚園に合格し、みつ子の長女は不合格。その悔しさや妬みが動機だったのではないか——というのが、事件当初の報道の主流だった。

確かに、筋道は通っている。一つの殺人事件を社会問題へと広げていくには、〝お受験〟は格好のキーワードでもある。事件後に沸き起こった〝お受験〟バッシングの数々は、ここで繰り返すまでもないだろう。

音羽という町も、〝わかりやすさ〟に一役買った。

〈池袋の賑いを身近にしながら、豊かな緑にも囲まれた山の手。大正・昭和期の文人たちが愛した文化の息吹と、有名幼稚園や大学が徒歩圏に数多く点在する文教の趣は、落ち着きと風情をたたえながら新しい暮らしを包み込んでくれます〉

最寄りの地下鉄・護国寺駅から徒歩三分の場所に新築された分譲マンションの、新聞折り込み広告のコピーである。

事実、音羽から徒歩圏内にある国立・私立の附属校は、幼稚園と小学校に限ってみても、お茶の水女子大、東京学芸大、筑波大、日本女子大、川村学園、学習院……。〝お受験〟熱が過熱する背景は整っている。そこから、犯行の動機を〈お受験「負け組」の恨み〉（「週刊朝日」）と導き出すのは、ごく自然な流れだろう。

しかし、現実は、ぼくたちが望むほどわかりやすいオチをつけてはくれなかった。報道されたみつ子の供述がすべて真実だと信じるならば、〝お受験〟は事件の背景ではあっても、あるいは最後の一線を踏み越えてしまうきっかけだったとしても、殺意の生み出された源ではなかったのだ。

2

山田みつ子被告は、春奈ちゃんがお茶の水女子大学附属幼稚園に合格したことは知らなかった、と供述している。たとえそれが〈負け組〉だと認めたくないゆえの偽りだったとしても、今度は弁護人に話した「犯行の十日ぐらい前から、『春奈ちゃんがいなくなればいい』という思いにかられ、寝られなかった」という言葉と辻褄が合わなくなってしまう。合格発表は犯行の三日前の十一月十九日だったのだから。

なにより、みつ子はこんなふうに供述している。

「春奈ちゃんが音羽幼稚園に入れば、また三年間付き合わなければならなくなり、耐えられない。それが春奈ちゃんを殺すことへと心が移り、チャンスをうかがうようになった」

ということは、春奈ちゃんの合格は、みつ子にとっては僥倖《ぎょうこう》だったとさえ言えるのである。裏返せば、もしも春奈ちゃんが合格したことを知ってさえいれば殺人は起きなかったかもしれないという、あまりにも皮肉で哀しい仮定が成り立ってしまうのだが……。

いずれにせよ、〝お受験〟が犯行の動機ではなかったことが明らかになると、メディアの〝お受験〟報道は一気にトーンダウンした。

あのまま〝お受験〟が動機になっていてくれれば、言い方は悪いが、楽だった。現実に自分が〝お受験〟のただなかにいたり、その経験があったり、もしくは「ウチの子は私立幼稚園へ」と考えている人以外にとっては、この事件はあくまでも他人事である。それこそ世紀末の社会と時代の病理の現れとして、少し距離をおいて眺めることができたはずなのだ。

しかし、ぼくたちはキーワードをなくしてしまった。〝お受験〟という〝わかりやすさ〟

でこの事件をとらえることはできなくなった。

ぼくはコーヒーを飲み干して、まだ母親グループのおしゃべりがつづくファミリーレストランを出た。十二月の、日は短い。のんびりしているわけにはいかない。

この町を背骨のように貫く音羽通りには、冷たい風が吹き渡っている。通り沿いにぎっしりと建ち並ぶビルが、まるで風の通路をつくっているかのようだ。

みつ子とA子さんの住まいは、ともに音羽通り沿いのマンションである。通りを挟んで、その距離、約二百メートル。引っ越してきた時期も、同じ一九九三年春だった。

ただし、A子さん一家が暮らしているのは、バブル期には一億円近かったという分譲マンション。みつ子のマンションは、築二十年、家賃十二万円ほどの賃貸である。

二人のかたちづくる相似形は、子供たちの受験と同じように、微妙に、しかし決定的に、ずれている。

＊

A子さんとの人間関係にかんするみつ子の供述を、時間軸に沿って並べ替えてみよう。

「(A子さんは)東京に出て来て一緒に子育てをするなかで、一番頼りにして仲がよかった。唯一の友だちだった」

「(A子さんの)二人の子供が自分の子とは別の友だちと仲良くなって、母親どうしの関係もそれまでの関係ではなくなった」

「表面的に仲がよいと思われているが、じつはそうではない。仲良しだと思われなくてはいけないという義務感の積み重ねがあった」

「私の子供に対する（A子さんの）態度が耐えられない」

「春奈ちゃんが音羽幼稚園に入れば、また三年間付き合わなければならなくなり、耐えられない。それが春奈ちゃんを殺すことへと心が移り、チャンスをうかがうようになった」

それでも、二人は最後まで、表面上は〝友だち〟だった。A子さんにどこまでの意識があったかはともかく、少なくともみつ子はA子さんの〝友だち〟を演じつづけてきた。

供述では、みつ子がA子さんへの憎悪を募らせるに至った、いくつかの出来事も語られていた。〝心のぶつかり合い〟に、ようやく具体的な輪郭が与えられたのである。

しかし、ほんとうに心はぶつかり合っていたのか？

「長男どうしが遊んでいて、私の長男は『もっと遊びたい』と言ったのに、A子さんは息子を連れて先に帰ってしまった」「長女がA子さんに駆け寄ったのに、身をかわされて転んだ」といったみつ子の話に、A子さんは「心当たりはない」「そんなつもりはなかった」と答えているという。

それらがすべて被害妄想めいた思いこみにすぎなかったのかどうかは、わからない。ただひとつ確かなのは、みつ子はA子さんの言動に一方的に傷つけられたと、あとになってから言い募っているだけ、ということだ。

〝心のぶつかり合い〟など、どこにもありはしなかった。それができていたなら、つまりみつ子が心の痛みや不満をA子さんにその場で訴えていたなら、仲直りするにせよ絶交するにせよ、この事件は起きなかったのではあるまいか。

ぼくには、二人の間に起きたなにがみつ子の胸の奥で憎悪を生み、殺意を駆り立てたのかについての興味は、さほどない。

むしろ、胸に宿した憎しみを押し隠して〈仲良しだと思われなくてはいけないという義務感〉からA子さんと付き合いつづけた日々のほうに胸を締めつけられる。読み物作家としてではなく、同世代の一人として、〈東京に出て来て〉という一言に、彼女の万感を見てしまうのだ。

＊

音羽通りから護国寺前のT字路を左に折れて、不忍《しのばず》通りへ入る。清戸坂と名付けられた上り坂である。途中で左折――南へ向かう。これもまた上り坂。薬寒坂である。

マンションやオフィスビルの立ち並ぶ表通りとは違って、このあたりには古くからの家が多い。お屋敷と呼びたくなるような門構えの家もある。

みつ子は、薬寒坂の途中にある児童館によく長女を連れていったという。A子さんと春奈ちゃんも同様である。二人がそれぞれの長男を音羽幼稚園に送った後、連れ立って坂を上っていったことも、きっとあるだろう。

児童館に提出した登録票に、みつ子は長女についてこう書いている。

〈家以外では私の姿が見えなくなるとすぐに泣きだしてしまう所もありますが、TV等のダンスも大好きです。戸外では砂あそび、はっぱひろい、石ひろいなど自分なりにたのしんでいるようです。最近、お友達と会えるのがたのしみになってきたようです〉

几帳面な文字である。

一方、A子さんは丸っこい文字で、春奈ちゃんのことを、こんなふうに。

〈歌と踊りの大好きな　そしておともだち大好きな、元気な女の子です！〉

また、『よく遊ぶ公園』の欄では、みつ子は〈江戸川公園〉と場所だけ書いているのに対し、A子さんは〈あまり行っていません。ぜひさそって下さい！〉。

明るく社交的なA子さんと、生真面目なみつ子というコントラストがくっきりと出ている。

二人はどこまでも対照的な、しかし、〝友だち〟だったのだ。

ステンドグラスのはめ込まれた児童館を通り過ぎて、ぼくはさらに歩きつづける。最初の交差点を左へ曲がり、三丁目坂を下って、みつ子とA子さんが読書会に娘を参加させていたという区立図書館へ向かう。

この道、路地と呼んでもいいほど狭い通りなのだが、驚くほど車の通行量が多い。不忍通りと音羽通り、目白通りとを結ぶ抜け道になっているので、住人の車だけでなくタクシーや営業車までもがどんどん入ってくるのだ。

幼い子供を連れた母親二人が横に並んで歩くには、どうにも危ない。広々とした歩道をベビーカーを押して歩くママたち、というニュータウンではおなじみの散歩の光景をここに重ねることは、ちょっと難しい。

二人は、どんなふうに歩いて児童館や図書館に通っていたのだろう。

読み物作家の想像力は、前後に並んだ二組の母子を思い浮かべてしまう。

先に立って歩くのは、A子さん。みつ子はA子さんの背中を追って、離されないように、遅れないように、足を進める。A子さんが振り向いて声をかけると、みつ子はすぐに答えるだろう。嬉しそうな顔も、浮かべるだろう。A子さんが途中で知り合いに会っておしゃべりを始めると、みつ子はうつむいて、おしゃべりが終わるのを、ただ待つだけだろう。「先に行ってるわね」とは、言えないだろう……。

想像がすぎたかもしれない。

だが、ぼくたちはいま、この事件をめぐる二つ目のキーワードを背負わされている。母親たちの人間関係の難しさを集約した〝公園デビュー〟――である。

図書館から鉄砲坂を下って音羽通りへ戻りながら、少し寄り道をしよう、と決めた。

みつ子と、A子さんと、それからぼく自身が過ごしてきた、一九八〇年代へ。

3

音羽には、新旧二つの顔がある。

一九七四年十月の営団地下鉄有楽町線の開通によって、町は大きく変貌を遂げた。地下鉄開通後の交通アクセスは、飛躍的に良くなった。最寄りの護国寺駅から池袋まで四分、飯田橋へは五分、乗り継ぎがスムーズにいけば新宿や大手町への所要時間も十分そこそこ……。しかし、それは地元の人々の利便を増す一方で、外からの人の流れも引き寄せてしまうことにもなったのだ。

一九八〇年代前半、バブル景気の始まる少し前に、文京区町会連合会は創立三十周年を迎えた。その記念誌に会の沿革や活動内容を紹介した一文を寄せている音羽地区の各町会は、いずれも歴史と伝統を自負しつつ、町の変貌に複雑な思いを覗かせている。

〈当町会は護国寺の門前町として由緒ある町と古くから知られている。(略)町内もここ数年で全然ちがう姿に変貌する事が予想される〉(音二町会)

〈高層ビル・マンション等が建設され、わが音羽町は生れ変わりつつある〉(音羽四丁目町会)

〈街も非常に変ぼうして都電もなくなり現在は地下鉄に替り、道路は広くなり街全体がビルディングの洪水となってきた〉(音六町会)

〈本町会は、名門鳩山家を会員の一員として戴き、ほこりと思っている。鳩山一郎総理大臣就任の時には、祝賀会並びに提燈行列を当町会が先頭に立ち行った〉（音羽七丁目町会）
〈昭和四十年より五十年にかけて都電廃止、新宿地区一帯の区画整理に伴い、道路は拡張され（略）昔日の面影は全くなくなった〉（関口町会）
そんな〈昔日の面影〉を知る人々を、コラムニスト・泉麻人は『東京23区物語』で〈文京老人〉と名付け、彼らの意識や行動をユーモラスに、そしてスマートな毒を込めて描き出している。
〈（文京老人は）ゲートボールなどに熱中している練馬や板橋の老人たちを侮蔑し、国立劇場あたりでやっている歌舞伎や文楽を、孫のマークIIに乗っけてもらって出掛けてゆくような渋谷や世田谷あたりのクラスも「もうひとつ違うな……」と心のどこかでバカにしています〉
〈近くの年寄り連中が集まったときには「戦前の富坂あたり」の話や「湯島の切通し坂から向こうは品がない」といった地域差別ネタが盛り上がります〉
〈文京老人たちが、渋谷や新宿を語るときの目つきは、京都人が大阪や神戸を語るときのそれに、そっくりです〉
もちろん、これは泉麻人一流のギャグである。すべて真に受けてしまうと、それこそ〈文京老人〉から軽蔑されてしまうだろう。

ただ、ここに描かれているのが、いわば〝選別〟の感覚だということと、この本が一九八五年に刊行されたということは、押さえておきたい。

〝選別〟の第一歩は、当時流行った言葉をつかえば、〝差異〟を見いだすこと。思えば、一九七〇年代終わりから一九八〇年代半ばにかけては、中流意識が九〇パーセントにまで達する一方で、世のさまざまなものに〝差異〟を見いだし、〝選別〟することを愉しむ時代だった。

千葉県や埼玉県が東京に比べて「ダサい」と笑われ、東京の中でも、たとえば「東急沿線はいいが、京成線はダサい」と言われ、㊎㋪の二分法の『金魂巻』がベストセラーになり、ブランド信仰が始まり、ネアカがもてはやされてネクラが疎まれ、ホイチョイ・プロダクションズの『見栄講座』など徹底的にディテールにこだわったマニュアル本が売れ……サントリーの樽入り生ビールのCMに倣《なら》えば、「さて、どっちを選ぶでしょう」という問いを常に投げかけられていた時代である。

そう考えると、ポケットに入れておいた〝お受験〟のキーワードを、そろそろ取り出してもいい。

入試もまた、受験生の〝差異〟を見いだして〝選別〟していく所為にほかならない。ましてや幼稚園や小学校の〝お受験〟は、ペーパーテストの点数というわかりやすい〝選別〟の基準すらない。あらゆるものに〝差異〟があるというのが前提だった一九八〇年代を生きてきた〝お受験〟世代の母親が、コネ、寄付金、家庭環境、出願の順番などの〝差異〟を探して躍起になるのも無理のない話だろう。

合否の判定だけではない、一九七九年に始まった共通一次試験をはじめとするマークシート方式の試験は、まさに、解答の選択肢の中から〝差異〟を見いだし、正解を〝選別〟する仕組みだったではないか。

一九六四年に生まれた山田みつ子被告が青春期を過ごしたのは、そんな時代だったのだ。

＊

みつ子は、もともと上京↓Uターン就職組である。

故郷・静岡の県立高校を卒業した後、埼玉県立衛生短大に進学。一九八四年に静岡に帰り、看護婦として就職している。

そのまま故郷で結婚をしていれば、なんの問題もなかった。

だが、みつ子は東京に暮らす男性と仏教サークルで知り合い、結婚をした。

男性は音羽にある寺院の副住職をつとめ、いずれは住職になる身だった。みつ子も結婚と同時に上京し、寺が用意した音羽通り沿いの賃貸マンションでの生活が始まった。

〝差異〟と〝選別〟の時代に、「ダサい」埼玉で、地味な県立短大に通っていたみつ子は、知っていたはずだ。田舎者を見る都会暮らしの人たちのまなざしの冷ややかさと、「あなたって暗いわね」というレッテルを貼られてしまうことの怖さを。

再上京は、前述したとおり一九九三年のこと。バブルの時代をへて、すっかり東京は様変わりしている。十年前にUターンしたみつ子は、いわば浦島太郎のようなものである。おそらくは学生時代もそう都心で遊んだり買い物をしたりした経験はなかったはずの彼女には、〝差異〟を見いだし、〝選別〟を愉しむための知識も余裕もない。ましてや、ここは埼玉県ではなく、〝差異〟と〝選別〟の意識が地霊のようにたちこめている文京区音羽なのだ。

事件後、みつ子を知る人たちは、さまざまにエピソードを語った。彼女が方言を気にしていたこと、話を合わせるためにしばしば知ったかぶりをしていたこと、お茶の水女子大と学芸大の附属校の制服の区別がついていなかったこと……。〝差異〟と〝選別〟のすべを知らないみつ子は、自ら周囲との〝差異〟をさらけ出し、もしかしたら〝選別〟されていたのかもしれない。

ならば――と言う人はいるだろう。無理にいまの仲間たちと付き合う必要はないじゃないか、自分の身の丈に合った仲間はきっとどこかにいるだろう、と。

しかし、再上京して、子供を仲立ちにする以外に友だちを見つける機会のほとんどないみつ子に、そんな仲間ができるだろうか。

なにより、A子さんたちと決別してひとりぼっちになることが、彼女にできるだろうか。

友だちがいない――。

母親だけなら、それでもいいかもしれないが、みつ子には子供がいる。〈最近、お友達と会えるのがたのしみになってきたようです〉という子供が。

五歳と二歳の子供たちにとって、親の孤独は、そのまま自分たちが遊び相手を失うことにつながってしまうのだ。

＊

「ネクラ」が冷笑の対象になってしまうのは、なにも一九八〇年代のバラエティ番組の中だけの話ではない。
幼稚園で求められ、理想とされる子供像も、「ネクラ」とは対極にあるものだ。(4)
試みに、文京区内の私立幼稚園の教育方針や保育目標を見てみよう（『国立・私立幼稚園入園のてびき』による）。
〈健康で、明るく、元気な子〉（日本女子大学附属豊明幼稚園）
〈明るく健やかで楽しい保育をおこなう〉（大日坂幼稚園）
〈健康で、生き生きとし、活動力のある子〉〈友だちと仲良く、協力して遊びや活動のできる子〉（文京女子大学文京幼稚園）
〈人とのつながりの中で、心もからだものびのびとした、しかも自己コントロールのできるこどもに育てる〉（大和郷幼稚園）……。
文京区にかぎったことではない。全国のどこの幼稚園でも似たような方針や理想は掲げられているはずだし、それはすなわち親の考える子供の理想像でもあるはずだ。

友だちの多い、明るい子供に育てること――。

そのためには、我が子をひとりぼっちにしてはいけない。自分もひとりぼっちになってはいけない。

かくして、幼い子供を持つ母親たちは、〝公園デビュー〟に臨むのだ。

思えば、事件のキーワードになった〝お受験〟が初めて朝日新聞の記事中に登場するのは、一九九四年二月のこと。〝公園デビュー〟も、同じ一九九四年の十一月。みつ子とA子さんが子育てを始めた時期と一致するのである。

それにしても、この二つの言葉は、哀しい。どこかおどけたような言い方だからこそ、よけいに哀しい。

受験に〝お〟を付けることで、芸能界でおなじみの〝デビュー〟をつかうことで、言葉の響きは軽くなる。だが、それは現実の重さからなんとか逃れようとする母親たちの、せいいっぱいの知恵だとは言えないだろうか……。

鉄砲坂を下りて音羽通りに戻ったぼくは、みつ子の住んでいたマンションにほど近い郵便局に入り、娘から頼まれていた年賀葉書を買った。

ぼくの長女は、公立小学校に通う小学三年生である。

娘の年賀状リストには、十四人の友だちの名前が書いてあった。

多いのか少ないのかはわからない。ただ、二年生のときの八人より増えた、それを喜び、正直に言えばホッとしてもいる自分が、確かにいる。もしも三人に減っていたら、ぼくはきっとひどく心配してしまうだろう。悔しくて、少し情けない気もするが、認める。

ぼくたちは、「友だちのたくさんいる子供は、いい子供」という幻想を刷り込まれている。それはもう世代の問題ではない。

幼稚園の園庭の光景を思い浮かべてみればいい。園庭の片隅で一人で遊んでいる子供を見つけたら、先生は必ず「こっちに来て、一緒に遊ばない？」と声をかけるだろう。また、「勉強は人並みでいいから、友だちのたくさんいる子になってほしい」という親の言葉を、ぼくたちはしばしば耳にし、もしくは自ら口にしているはずだ。

『一年生になったら』という歌を、覚えているだろうか。幼稚園の卒園間近によく歌われる歌だ。

一年生になったら友だち百人できるかな――。

友だちを一人でも多くつくることを、ぼくたちは無意識のうちに強いられているのではないか。

〝公園デビュー〟というキーワードゆえに、ぼくたちはこれを若い母親だけの問題にしてしまいがちになる。だが、ひとりぼっちを恐れる気持ちは、この時代を生きる誰にでも、ある。

だからこそ、集団で無視をするシカトが、いじめの手段として有効（という言葉はつかいたくないが）にもなるし、若者たちは携帯電話などで常に誰かとつながっていようとする。

みつ子もまた、ひとりぼっちではいたくなかった。たとえわだかまりはあってもA子さんのそばから離れられなかった。自分のために。そして、きっと、子供たちのためにも。

みつ子はA子さんと付き合いたくなかったから、春奈ちゃんを殺した。

その原因と結果だけを見ると、あまりにも突飛で、理解不能かもしれない。

しかし、こう言い換えてみればどうだろう。

みつ子はA子さんと付き合いたくなかったが、二人に子供がいるかぎり離れるわけにはいかなかった。だから、相手の子供、すなわち春奈ちゃんを殺した——。

＊

長い寄り道が、もうすぐ終わる。

ぼくは夕暮れの迫る音羽通りを、地下鉄の護国寺駅へ急ぐ。

事件当日、みつ子は春奈ちゃんの遺体を詰めたバッグを提げて、この駅から実家に向かった。年老いた母親が一人で暮らす実家の裏庭に、手で穴を掘り、春奈ちゃんを埋めた。故郷にしか遺体を隠す場所がなかったというところに、彼女と東京との関係のすべてが集約されてはいないだろうか。

地下鉄を乗り継いで東京駅から東海道新幹線に乗ったのが、午後二時過ぎ。同日の午後七時半には、東京に戻っている。あまりにも短く、哀れな帰郷だった。

彼女はマンションのドアを開けるとき、「ただいま」と子供たちに言ったのだろうか。「お帰りなさい」とまとわりついてくる子供たちに、どんな笑顔を浮かべていたのだろう……。

鬼子母神伝説は、他人の子供を殺しつづけた鬼が「おまえの子供も殺されるがいい」と仏に我が子を奪われ、それをきっかけに改心した、と語り継がれている。

支配されない場所へ

1

その映画は、少年が青年へと移り変わる日々を描いていた。主人公の名前は、マサルとシンジ。高校の落ちこぼれだった二人は、それぞれヤクザとボクサーになって、夢半ばで挫折する。

物語は、青年になったマサルとシンジが自転車に二人乗りして母校に遊びに出かけるシーンで始まり、高校時代から現在に至るまでの回想を挟んで、学校に通っていた頃と同じように校庭を自転車で走り回るシーンで終わる。

一九九六年夏に封切られた、北野武監督の『キッズ・リターン』——。

その年、京都市の高校で、二度目の二年生の日々を送っている少年がいた。前年に休学した彼は、単位不足のために留年していたのだ。

三年後、二十一歳の青年になった彼は、『キッズ・リターン』の二人と同じように、学校に帰ってきた。

母校ではなく、かつて通っていた小学校の隣の学区の小学校へ。

昔を懐かしむためにではなく、他の誰にも理解できない恨みを晴らすために、刃渡り十五センチの文化包丁と、犯行声明文を持って。

〈私は日野小学校を攻げきします。理由はうらみがあるからです。今はにげますがあとで名前を言うつもりでいます。後で手紙をかきます。だから今は追わないでください。私を見つけないでください。

私を識別する記号↓てるくはのる〉

＊

今年の冬はいつもの年より暖かい、と京都の知人から聞いていたとおり、東京からの新幹線を京都駅で降りたときにも、ゾクッとくるような底冷えは感じられなかった。

空は、どんよりと曇っている。

二〇〇〇年一月の終わりである。

京都市伏見区にある市立日野小学校の校庭で、友だちと遊んでいた二年生の中村俊希くんが〈てるくはのる〉を名乗る男に惨殺されたのは、前年十二月二十一日のことだった。

遺留品や目撃者の多さからすぐにでも犯人は逮捕されるだろうと思われた事件は、捜査が予想外に難航し、大きな進展の見られないまま年を越してしまい、ぼくが京都を訪れた時期には「迷宮入りしてしまうのではないか」とさえささやかれるようになっていた。

岡村浩昌《おかむらひろあき》容疑者の存在は、むろん、まだまったく報道されていない。

だから、ぼくの寄り道は、たどり着く先を見定められないまま始まることになる。道しるべは、〈てるくはのる〉が現場に残した犯行声明文の中にある、日野小学校への恨みという一点のみ。

無駄足は、覚悟している。

＊

日野小への鉄道アクセスには三つのルートがある。町の西南には、JR奈良線・六地蔵駅と、京阪電鉄宇治線の六地蔵駅。北から入るなら、地下鉄東西線・醍醐駅。

ぼくが降り立ったのは、JR奈良線の六地蔵駅である。京都駅から各駅停車で十四分、快速なら十分の距離だが、じつは東京で予定を立てているときには、快速電車を利用することは考えていなかった。我が家にある一九九九年一月の時刻表では、六地蔵駅は快速の通過駅になっていたのだ。利用客、すなわち町の人口の増加を承けての対応なのか、この一年の間に、六地蔵駅は快速停車駅に昇格したのである。また、地下鉄東西線の終点になる醍醐駅ができたのも、一九九七年のことだ。

確かに、高架になった駅のホームから見渡すと、真新しい大型ショッピングセンターがすぐに目に入る。建ち並ぶマンションにも築浅のものが多い。ホームから眺めるかぎりでは、典型的な新興住宅地のたたずまいである。

だが、駅前からタクシーに乗ってしばらく走ると、いわゆるニュータウンとは少し勝手が違うことに気づく。

なにか、狭い印象なのだ。

息苦しい——と言い換えても、いい。

たとえば、道路。幹線道路から先に設計していくニュータウンとは違って、この町には昔からの生活道路がそのまま残っている。路肩ぎりぎりまで住宅や商店が建つ、車が行き交うには不便な道ばかりである。住宅の建蔽率や容積率もニュータウンほど厳しくはないのだろう、間口の狭い三階建ての新しい住宅が文字どおり軒を接して窮屈そうに建ち並ぶ一角も多い。あちこちに農地を転用したような広さの月極駐車場があるのだが、路上駐車の車も多く、それがよけいに道を狭くしている。

「ここは走りにくい町なんですわ」とタクシーの運転手は苦笑する。道幅の狭さに加えて、細かい路地が入り組み、袋小路も多い。地元の人でさえ、行き止まりの道路に入り込んでしまうことが少なくないという。

町じたい、日野小があるのは京都市伏見区だが、JR六地蔵駅周辺は宇治市で、醍醐駅から北に二百メートルもいけば京都市山科区になる。図面に線を引くことからすべてが始まるニュータウンとは違って、よく言えば有機的な、少し意地悪に言うなら混沌とした住宅地なのだ。

車は駅から北東——山のほうに向かうかたちで進んだ。山並みが迫ってくるにつれて、嵐《らん》気《き》が濃くなってくるのがわかる。そして、パトロールをする制服姿の警官がしだいに目に付くようになって……車は、日野小の正門前で停まった。

そこからは徒歩で、山側の道路から校庭に回っていった。

何歩か歩いたところでぼくは立ち止まり、少したじろぎながら学校をあらためて見やった。

つぶやきが漏れた。

「この学校、刑務所みたいじゃないか……」

＊

週刊誌に載った平面図からすると、グラウンド沿いの山側の道を歩けば、俊希くんが殺害されたジャングルジムはすぐそばに見えるはずだった。

ところが、ジャングルジムどころか校庭そのものをなかなか見渡せない。高いところでは二メートル以上ありそうなコンクリート塀が、校庭に沿って延びているせいだ。塀の内側には、塀よりもはるかに背の高いフェンスも巡らされている。

さらに、校舎を振り向くと、校庭に面した一階と二階の窓は、まるで装甲車かなにかのように、すべて頑丈なフェンスで覆われていた。

〈てるくはのる〉の残した声明文の内容が報じられたとき、ぼくが真っ先に思い浮かべたのは、卒業生や在校生が校舎の窓ガラスを割っていくというありふれた事件の数々だった。

手っ取り早く学校というものを痛めつけたいのならそれが最も簡単なはずなのに、〈てるくはのる〉はその段階を踏まずに、なんの罪もない小学二年生の男児を殺害した。

彼の抱く恨みは、窓ガラスを割る程度では満足できないほど深かったのだ——と考えるのが妥当だろう。

だが、実際に日野小のたたずまいを目の当たりにすると、逆の思いも胸に兆してくる。たとえ窓ガラスに恨みをぶつけようとしても、フェンスで守られていては割ることはできないのだ——と。

もちろん、少し大きな声で付け加えておかなければならないのだが、ぼくは日野小を責めたり咎めたりしているのでは決してない。校庭の周囲に塀やフェンスを巡らせるのはどこの学校でもやっていることである。

窓ガラスのフェンスについても、日野小の場合にはどうやら、やむにやまれぬ事情があったようだ。

「ガラ悪い連中がおって、学校の校庭に入り込んでガラスを割ったりしてたからや」（地元住民）

そんな日野小から北西に約四百メートル、自転車や青いジャンパーなどの〈てるくはのる〉の遺留品が発見された醍醐辰巳児童公園に移動したぼくは、さっきと同じようにたじろいで立ちすくみ、つぶやきを漏らすことになる。

「この公園、檻みたいだな……」

＊

公園と名付けられてはいても、ブランコや滑り台といった遊具はなにも設《しつら》えられていないので、小さなグラウンドと説明したほうがイメージしやすいだろうか。

もっとも、グラウンドと呼ぶにふさわしい伸びやかさは、ここには、ない。広さが五十メートル四方に満たないことや敷地ぎりぎりまで家並みが迫っていることに加え、周囲にフェンスが張り巡らされているせいだ。二階建ての家の屋根よりも高く、しかも、いったんフェンスをつけたものの「これでは低すぎる」となったのか、新たに継ぎ足した箇所もある。

遊具がないのなら野球やサッカーなどで遊ぶ子供たちが多いはずなので、ボールが外に飛んでいくのを防いでいるのだと考えれば、納得はいく。

しかし、フェンスには〈迷惑になります　ボールを打たないで!〉という、ボールが家の窓ガラスを割る絵のついた看板が結わえつけられている。それも一枚だけではない。看板は、全部で七枚。公園に立ってどこを向いても目に入ってくる。

看板の言いつけをみんなが守るのなら、ここでのボール遊びはキャッチボールがせいぜいで、二階の屋根より高いフェンスなど必要ないはずだ。裏返せば、こうしてフェンスが巡らされているのなら、べつにボールを打ったっていいじゃないかという理屈も成り立つだろう。

禁止したうえに、万が一の被害を防ぐための現実的な対策を講じる——。

万全の態勢? いや、それよりも、なにか根の深い不信感がここには漂っているように、ぼくには感じられてならない。

さらに、まなざしを公園から町へと移してみると、立て看板の数の多さにあらためて驚かされる。

公園の向かいにある消防団の器具庫には〈夜遊び・外泊　非行の道への第一歩〉〈吸うな吸わすな　タバコとシンナー〉といった看板が立ち並び、公園を出て町を歩いてみても〈なんでも話す子になろう　何でも話す親になろう〉〈見逃すな　子供のSOSをキャッチしよう〉〈万引き防止は　ガマンをさせるしつけから〉……。

間違ったことはなにも言っていない。すべて正しく、至極もっともな言葉ばかりである。

ここにあるのは、大人からの呼びかけに子供たちは答えてくれるはずだという信頼だ。理想と言ってもいいだろう。

それに対する現実からの反応は、たとえば〈万引き防止は　ガマンをさせるしつけから〉の看板に緑のスプレーで吹きつけられた大きな×印だったりもするのだが……。

通りから公園をつっきるかたちで奥に進むと、市立春日野小学校がある。岡村容疑者が小学二年生まで通っていた学校だ。公園から数十メートルのところには、彼が生まれ育った市営住宅もある。

だが、もちろん一月末の時点では、ぼくたちはまだ彼のことを知らない。

学校のチャイムが鳴った。追いかけて校内放送のアナウンスも響く。かなりの音量だ。近所の住民は、この音をどう思っているのだろうか。屈託のない子供たちの姿を思い浮かべて微笑むひとばかりではないだろう、きっと。

子供への不信感に満ちた看板と信頼感に根差した看板とが入り交じる町にたたずんで、ぼくは、思う。

子供たちの居場所である学校や公園は、町にとっていったいどんな存在なのだろう――。

〈てるくはのる〉に〈岡村浩昌〉という名前が与えられたのは、ぼくが京都を訪れた約十日後――二月五日である。

それまでの間、寄り道はいったん京都から離れる。学校と公園をめぐるデータベースの海に足を踏み入れてみることにする。

2

公園について住民から苦情が出た例を、新聞記事のデータベースからいくつか引いてみよう。

・一九九九年六月、兵庫県明石市は、海岸や公園など公共の場で午後十時から日の出までの間、花火を禁止する条例を制定。特に指定された場所での違反は罰金十万円以下の罰則もあり、二〇〇〇年四月に施行される。

・高知県高知市が一九九八年に整備した、はりまや橋公園地下通路が、野宿者のたまり場になって、市民や観光客から苦情が寄せられている。しかし、公園として整備したため、市には野宿者を立ち退かせる法的権限がなく、対応に苦慮。
・茨城県つくば市は、ムクドリの群のねぐらとなっている小野崎児童公園の周辺住民からの騒音や糞害の苦情を承けて、一九九九年秋、高さ約十メートル以上あったユリノキ十七本すべてを七、八メートルに伐採し、枝も切り落とした。
・千葉県柏市は、公園への家庭ゴミ投棄対策として、一九九八年十月、市内の公園など三百六十八ヵ所すべてからゴミ箱と灰皿を撤去することを決定。
・宮崎県宮崎市の平和台公園周辺に集まる〝ハント族〟の若者らの車の騒音に住民の苦情が殺到し、一九九九年二月、県は公園を夜間閉鎖に。
……住民の憩いの場であるはずの公園が、快適な生活を脅かす厄介ものになってしまっている。

　最近では、若者がたむろしないよう夜間の照明を極端に暗くする公園も増えているという。暗がりをなくすことこそが防犯の第一歩だとされていた一昔前までを思うと、あまりにも皮肉な話ではないか。

　ところが、住宅雑誌や新聞に折り込まれる不動産広告では、公園はいまなお快適な住環境を約束するものとして大きなセールスポイントとなっている。一戸建て物件は公園までの近さをアピールし、マンションは敷地内に公園があることを高らかに謳いあげる。広告には緑豊かな公園のイラストが描かれ、陽光がさんさんと降りそそぐなか、幸せいっぱいの笑顔を浮かべる家族が散歩しているだろう。

夜の公園と昼間の公園――現実と理想のギャップは、確かに、ある。

＊

一方、学校の現実と理想はどうか。

前述した公園のゴミ箱撤去に踏み切った千葉県柏市は、東京のベッドタウンとして一九七〇年代半ば頃から人口が急増した地域である。ちょうどその時期から学校への周辺住民の苦情が増えてきた、と市の教育関係者は言う。

朝日新聞が報じた具体的なクレームをそこからいくつか紹介しておこう。

落ち葉焚きの燃えかすが飛んできて洗濯物が汚れた、学校の木のせいで朝の陽当たりが悪いので切ってほしい、校庭の砂ぼこりがひどい、ブラスバンドの練習の音がうるさい、マラソンをするときは黙って走らせてほしい、運動会開催を知らせる早朝の花火をやめろ、徒競走のスタートのピストルがうるさい……。

少年犯罪が起きるたびに、学校と地域社会がもっと密接な関係を持つべきだという論議が出てくる。国も、世代を超えたコミュニティの拠点づくりのために学校開放施策を進めている。しかし、実際に市や学校に寄せられた苦情をこうして並べてみると、どうだろう、学校は地域社会の中に居場所がほんとうにあるのだろうか。

二〇〇〇年二月四日、毎日新聞社がインターネットを通じてメール配信する「毎日教育メール」に、学校と地域社会の現実を象徴するような記事があった。

熊本市の高平台小学校の校庭に地域コミュニティセンターを建設することの是非をめぐって、市と地域住民の間で論争が持ち上がっている。

もともと、コミュニティセンター建設計画は住民側の要望に基づいたものだった。一九九七年に学区内約六千世帯のうち四千世帯からの署名が集められて、計画が進められたのである。

ところが、市が建設地を小学校の校庭に決めたことに、住民が反発。一月末に開かれた説明会では、「京都の事件もあって、子供の身の安全が心配だ」「校庭にできるとわかっていたら署名はしなかった」などの意見が出されたのだった。

京都の日野小も、事件以前から積極的に教室や校庭を開放して、地域社会との交流を進めていたのだという。

周囲からの視線を塞ぐ背の高い塀とフェンスに囲まれた、地域コミュニティの核。それは、おそらく、日野小だけがはらむ矛盾ではないだろう。

地域社会に溶け込みきれない学校の中にいる子供たちもまた、大人からの信頼と不信の交錯した視線を浴びて、社会に対して閉じていくことになる。二重に閉ざされた世界で、子供たちはキレたり、ひきこもったり、あるいは狂気を胸の奥で育んだりする。

そろそろ、再び京都へと戻らなければならない。

〈てるくはのる〉――岡村浩昌容疑者の町へ。

3

マスコミの報道を通じて、警察がようやく事件の容疑者を割り出したことをぼくたちが知ったとき、彼はもうこの世にはいなかった。

二〇〇〇年二月五日、岡村浩昌容疑者は任意同行を求める警察の説得を自宅近くの公園で受けている途中に逃走し、団地の屋上から飛び降りて自殺――。

動機や背景が容疑者自身の口から語られることのないまま、事件は〝解決〟ではなく、〝終了〟してしまった。

二十一歳の岡村の心の闇を覗き込むすべは、もはや、ない。ぼくたちにできるのは、彼の過去をたどって、心の闇がかたちづくられていく過程を推し量ることだけだ。

自殺当日から、マスコミは一斉に岡村の少年時代について報じはじめる。

一九七八年生まれの岡村は、両親と五歳年上の兄との四人家族だったが、中学一年生のときに父親は亡くなり、兄も大学進学を機に家を出たので、事件当時は母親と二人暮らしだった。

小中学校の頃は成績が優秀だったものの、高校受験では第一志望の学校には入れず、京都府立洛水高校に入学。二年生のときに休学し、留年。一年遅れで卒業するときも単位不足で卒業式には間に合わず、追試験を受けて、三月中旬に卒業証書を受け取った。しかし、本人の意向としては卒業は不本意で、後になって母校に卒業取り消しを願い出たこともあるという。

自殺後、岡村の自室からは、こんなメモが発見された。

〈教育がこうしたんだというううらみがある。ゆいいつのうらみかな〉

＊

それがすべてとは言わない。

しかし、洛水高校に入学し、同校を卒業したことが岡村の心になんらかの闇を生んだことは間違いないだろう。

卒業後は大学進学を目指して自宅で勉強をつづけていた彼は、一九九九年三月、大阪の府立高校に高校教育の不満を訴える手紙を送りつけている。

〈僕の場合、卒業はまちがっていたと思って、考えています〉

〈今、高卒でいてもとても気分がわるく、私の人生が（この分に関して）わるくなったと思います。詳しいことは長くなるので書かないですが、僕の考えは矛盾はしていないと考えてい

ます〉

〈だから、私のお願いは今の3年生で中退したいと言っている人がもしいれば、先生がたがおかしいような（まちがいのような）ことを言ったり、したりして、卒業しやすくする、卒業する方向に進めるようにしないようにお願いします〉

受験に失敗して、やむなく入った第二志望の高校である。一年生の二学期頃から「中退したい」が口癖だったという。

厭な学校から一日も早く去ってしまいたいと願うのは、決して理解できない思いではない。

たとえば、岡村の一世代上になるロック歌手の故・尾崎豊は、代表曲の一つ『卒業』で、こんなふうに歌っている。

〈行儀よくまじめなんて　出来やしなかった／夜の校舎　窓ガラス壊してまわった／逆らい続け　あがき続けた　早く自由になりたかった／（略）／うんざりしながら　それでも過した／ひとつだけ解ってたこと／この支配からの卒業〉

『卒業』のリリースは一九八五年。その年の春に大学を卒業したぼくは、尾崎豊の歌う学校への愛憎を、かろうじてリアルに感じ取れる。

だが、岡村は、卒業して一年たっても、まだ中退にこだわっている。

彼の〈うんざりしながら　それでも過した〉高校時代は、卒業によって終止符が打たれたのではなかったのか？

卒業とは、大人たちの〈支配〉から抜け出すことではなかったのか？

＊

京都府立洛水高校は、伏見区の南部、宇治川と桂川に挟まれた工業地帯にある。鉄工所や工場、倉庫、変電所、ビール工場などが建つ殺風景な町並みのなか、校庭はやはり背の高いフェンスやネットで囲まれていた。

交通の便が悪いため、生徒のほとんどが自転車通学をしているが、学校に至る道路の歩道は、幅がかなり狭い。その道幅をさらに狭くするように、日野の町と同様、看板があちこちに立っている。

〈安全に通学する道　未来へ続く〉〈自動車に気をつけ安全に走行しよう〉〈一列走行絶対厳守　一般通行者に注意〉……これらは皆、同校のPTAが立てたものである。そして、校門にほど近い場所では、今度は学校が立てた〈新しい歴史に向かって走ろう〉の看板が、生徒たちを迎える。

それはまるで、心配性で口うるさいけれど子供たちの未来の輝きを無条件に信じている、愛すべき大人たちに見守られて通学しているようなもの——というのは、読み物作家のヒネた発想だろうか。「見守られて」を「監視されて」に言い換えると、叱られてしまうかもしれない。

フェンス沿いに歩いてみる。

同校のホームページにある生徒たちの学校紹介では〈校舎の中は綺麗です〉とのことだったが、フェンスの外側にはかなりたくさんのゴミが捨ててある。マクドナルドのシェイクのカップ、アイスクリームの包み、空き缶、ジュースの紙パック……ナンバープレートがとりはずされ、フロントガラスにヒビの入った赤いスポーツカーも、たぶん、ゴミだ。

フェンスのところどころに、網がつぎはぎになっている箇所があった。フェンスが老朽化して穴が空いたのだろうか。それとも、ここから出入りしようとした生徒がいたのだろうか。

ぼくは、ためらうことなく後者の推理を選び取ることにした。学校を包み込み、自分たちを閉じこめてしまうフェンスに、こっそり抜け穴をつくった生徒がいる、というのがいい。校舎の窓ガラスを割るよりも、標語の掲げられた看板にスプレーで×印をつけるよりも、ずっと、いい。

そして、ぼくはこんなふうにも思う。

岡村が卒業ではなく中退を求めていたというのは、つまり、このフェンスの穴に象徴されるのではないか。

卒業は、学校長の名において証される。〈支配からの卒業〉といっても、卒業という去り方じたい、学校の〈支配〉のもとにある。いわば学校で認められた校門から外に出ていくようなものである。

岡村は洛水高校で過ごした日々を全否定してしまいたかった。高校に〈支配〉されている部分をほんの少しでも持っていたくなかった。だからこそ、卒業生と母校という関係すら拒否したかったのではないだろうか……。

そこまでの嫌悪感を高校に持った理由は、いまとなっては誰にもわからない。読み物作家の想像力というより勘で、ぼくは、洛水高校が彼の兄の母校でもあり、兄が国立大学に進学したということを頭の片隅に置いてはいるのだが、そんな思いつきを寄り道の羅針盤にしてしまうのはあまりにも無責任で不謹慎だろう。

踵を返すことにする。

最後に向かうのは、向島団地である。

＊

岡村の自殺を報じるニュースは、向島団地をヘリで空撮した映像を多用していた。確かに、この団地の特徴は空から見たときに最も鮮明になる。十階建て以上の高層住宅が建ち並ぶ団地を周回するように道路が円を描き、その真ん中を国道が走る。団地の中心には公園、テニスコート、ショッピングセンター……。

町が形を整えはじめたのは、一九七〇年代後半。岡村が家族とともに春日野小学校そばの市営住宅から引っ越してきたのは、一九八七年である。

開発当時は近未来的なニュータウンとして注目されていた向島団地は、その頃、どんなたたずまいだったのか。

「当時は、外国人がぎょうさん団地内に住んで、こんなに外国人を見るのは進駐軍以来やわと思ってました」と地元に住む女性は言う。

もっとも、地元記者は苦笑交じりに〝外国人〟について具体的な説明をしてくれた。

「バブルの頃は出稼ぎで来日したフィリピン女性などが多く住んでいました。イラン人の姿も多かった。しかし、いまではほとんど見ません」

二〇〇〇年のいまは――。

岡村の自宅のある棟の階段の踊り場には、ぞっとするような貼り紙が何枚も貼ってある。

〈ここはたまり場でない　あそびばでもない　オシコ《（ママ）》や、ウンコやタバコを吸わないで下さい〉〈ここはトイレではありません。『おしっこ』『うんこ』をしないでください〉〈トイレ禁止　大小便するな〉……。

もはや、貼り紙の言葉にひそんでいるものは子供への不信感ですらない。生活を脅かすものに対する敵意である。

子供たちも挑発する。踊り場にも公園にも、スプレーの落書きが至るところにある。道幅の広い周回道路は、週末の夜になると暴走族が走り回るのだという。

ニュータウンの理想は、地域社会の理想は、大人と子供の関係の理想は、すさみきった現実の前に粉々に打ち砕かれてしまった。

＊

マーケティング・プランナーの三浦展《あつし》は『「家族」と「幸福」の戦後史』の中で、現代社会とニュータウンの特質をこう書いている。

〈すべてが誰かの財産である。すべてが誰かによって管理されている。現代社会とはそういうものだ。そしてニュータウンではその傾向がいっそう強い。曖昧な土地、曖昧な空間、意味のない隙間がない。（略）郊外のニュータウンは、すべてが私有財産でありすぎる〉

その分析に乗って、大人と子供をこんなふうに定義づけることはできないだろうか。

大人とは私有財産を持っている人間のことで、子供とはそれを持っていない人間のことだ、と。

子供たちは大人の目のわずらわしさから逃れるために、少しでも私有の意識が曖昧な空間を町に探そうとする。〈支配〉の及ばない場所を嗅ぎ当てて、そこに惹かれていく。階段の踊り場、公園、駅、道路、校庭、コンビニエンスストア前の駐車場……いわゆる公共施設、パブリックスペース、みんなのものであるからこそ誰のものともつかない空間である。

岡村も、凶行の場所に校庭を選んだ。わざわざ正門から入って、校舎を突き抜けるかたちで校庭に出て、裏門から逃走した。彼は〈支配〉の強い教室の中には足を踏み入れなかったのだ。そう、『キッズ・リターン』の中退組二人が、母校のグラウンドを自転車で乗り回しても、校舎には決して入ろうとしなかったように。

そして、彼は任意同行を求める捜査員の説得を受ける場として、団地の中で最も〈支配〉のゆるやかな場——公園を選び、目の前の捜査員の〈支配〉から、逃げた。塀やフェンスに挟まれた、誰のものでもない細い道をひた走って、誰のものでもない団地の屋上から、誰のものでもない中庭へと飛び降りた。

彼は、その瞬間、望みをかなえたのかもしれない。

誰からも〈支配〉されることなく、人生そのものから中退した。

罪を贖《あがな》うべき自らの起こした殺人事件からも、中退した。

尾崎豊は『卒業』で、叫びながら問いかけている。

〈俺達の怒り　どこへ向かうべきなのか／これからは何が俺を縛りつけるだろう／あと何度自分自身卒業すれば／本当の自分にたどりつけるだろう〉

岡村は〈本当の自分〉と出会うことを放棄したのか、それともそこから逃げたのか——。

〈てるくはのる〉は名前ではない。〈私を識別する記号〉にすぎなかった。〈記号〉として罪を犯した青年は、〈本当の自分〉が暴かれた直後、誰のものでもない息絶えた肉体となったのだった。

当世小僧気質

1

一つの事件や状況から、無駄足を恐れず、どんどん寄り道をしてみようではないか――というのが、本書の基本姿勢である。

しかし、今回ばかりは肉体的な寄り道がどこまでできるか自信がない。「無駄足も覚悟のうえさ」などとうそぶく余裕は、いまは、まったくない。

比叡山である。

ぼくは、息を喘《あえ》がせながら、山道を登っているところなのである。

先を行くのは、比叡山のふもとにある律院（滋賀県大津市坂本）の住職・叡南《えいなん》俊《しゅん》照《しょう》大阿《だいあ》闍《じゃ》梨《り》（五十七歳）。

比叡山に興った天台宗には、千日回峰行《せんにちかいほうぎょう》という修行がある。文字通り、一千日にわたって比叡山の山中や京都の町をひたすら歩いていく修行だ。足かけ七年、一日に歩く距離は三十キロから八十四キロ。総距離は三万八千四百キロにおよぶというから、地球一周にも相当する。さらに、その間には、九日間もお堂にこもって断食、断水、不眠、不臥（横にならないこと）をつづける堂入りの荒行もこなさなければならない。

俊照大阿闍梨は、それを一九七九年に達成している。織田信長の比叡山焼き討ち以降でも四百年を超える比叡山延暦寺の歴史の中で、千日回峰行の満行者は俊照大阿闍梨で四十五人目。まさに、歴史的な高僧なのである。

そんな俊照大阿闍梨にとって、比叡山坂本ケーブルの始発駅・坂本駅にほど近い律院から比叡山延暦寺根本中堂《こんぽんちゅうどう》までの道のりは、いわば通勤コース。山歩きの部類にすら入らないだろう。

長靴を履いた大阿闍梨の足取りは、だから、あくまで軽やか。時おり後ろを振り返って、同行の小僧さんや信者のご婦人方と言葉を交わす顔にも、汗ひとつ浮かんでいない。

「ふだんの三分の一ぐらいのペースですよ」

同行の小僧さん・観俊さん（四十五歳）が、苦笑交じりにぼくに言う。

笑い返そうとするのだが、頬がうまく動かない。へたに冷たい空気を吸い込んでむせ返ってしまうと、もはやそこから先は一歩も歩けなくなってしまうのではないか……。

二〇〇〇年一月の終わり。時刻は午前八時過ぎ。体の外側は朝の冷気にさらされているが、内側は火照って、その狭間で頭がぼうっとしてくる。

運動とは無縁の日々を送っている読み物作家である。身長百七十センチ、体重八十五キロ。〝中年太り〟なる蔑称も甘んじて受けざるをえない三十路半ばの男にとって、これは立派な荒行である。出発前に俊照大阿闍梨に言われた「ハイキングみたいなものやさかいな」の言葉が、恨めしく蘇ってくる。

「一服しょうか？」

俊照大阿闍梨がようやく足を止め、琵琶湖を一望する場所で小休止となった。湖面は朝陽を浴びて、きらきら光っている。高架になったJR湖西線の線路を、大津・京都方面へ向かう電車が走っていた。おそらく電車は、サラリーマンや学生たちで満員だろう。

息を整える間もなく、また一行は歩きだす。根本中堂までの道のりの、いまはどこまで来ているのか、なにもわからない。律院を出発してから、すでに三十分近く経っている。ケーブルカーを使えば、坂本駅から延暦寺駅までは二キロ、十一分で着く距離を、予定では一時間ほどで歩き抜くことになっている。

やれやれ、とタオルで汗を拭いながら、ぼくは俊照大阿闍梨に付き従う観俊さんの背中をぼんやりと見つめる。

わずか半年前まで、観俊さんは東京で暮らしていた。ラッシュアワーの電車に揺られる一人だったのである。

前夜の取材で、観俊さんはぼくに言っていた。

「いまの暮らしのほうが、ずっと楽ですよ。心が安らぐんです」

なぜ——？

観俊さんの言葉が、というのではなく、もっと大きな意味での「なぜ？」が、東京を発つときからずっと、胸にある。俊照大阿闍梨のご厚意で律院に一夜の宿を借り、朝六時から始まる勤行の取材を終えたいまも、胸の奥の「なぜ？」はまだ消えていない。

道は急に険しくなり、苔むす石や濡れた木に足をとられそうになる。日陰には、雪が目立つようになってきた。

喘ぐ息の白さの中に、クエスチョンマークが溶けている。

なぜ小僧さんなんだ？　なぜ修行なんだ？　なぜ、宗教なんだ――？

＊

そもそも、きわめて個人的な動機からの取材である。

大学時代の同級生（女性）が二年前に結婚した、その相手が曹洞宗の僧侶だった。といっても、彼の実家はお寺ではない。在家からの出家である。仏教とは無関係の家に生まれ育った、ぼくと同世代の男性が、自らの意志で仏門に入って修行を積み、いまは師匠の寺の手伝いをして生計を立てているのだ。

さっそく新婚家庭に電話を入れ、詳しい話を聞かせてもらうと、彼のようなケースは特殊なものではないのだという。定年退職後に出家するひとや、脱サラして仏門に入るひと、あるいは若者は、決して少なくはないらしい。

ただし、それを〝就職先〟として考えると、必ずしも僧侶は有望業種というわけではない。天台宗務庁に問い合わせても、こと経済的なもくろみにかんしては一笑に付されてしまった。

「天台宗全体で、毎年百八十〜二百人ぐらいの方が得度（出家し、僧籍が登録されること）されます。中にはお金儲けを考えてくる人もいるようですが、お寺は世襲制がほとんどですから、それは難しいでしょう」（法人部庶務課・大沢玄仁書記）

毎年平均して四百五十人が得度するという曹洞宗でも、事情は似たようなものである。

「住職の口はほとんどないし、自分で新寺を建立するには莫大な資金が必要で、また宗教法人格を取得するのも大変です。縁があって地方のお寺の住職になれるのは稀で、多くは師匠の寺を手伝ったり、修行をつづけるなどになる。托鉢して全国をまわる、という道もありますが……」（宗務庁教化部企画研修課・松本健雄課長）

また、「一般的には住職になれないと、とても食べていけません」と言うのは、宗派にとらわれずに仏教を基礎から学び体験するというユニークな活動をつづけている東京国際仏教塾の浅田茂美事務局長。

朝日新聞社を早期退職制度で五十歳で退社し、同塾で曹洞宗コースを専攻したのちに出家した浅田氏は、自身、朝日新聞の年金があるからこそ生活が成り立つんだと率直に認める。

「二十代で入塾してくるひとは、世間のことをよくわからずに、ただお坊さんになりたいという感じですね。三十代は仕事をやりながら仏教を勉強したいというひとが中心ですが、四十代、五十代になると、リストラなどの理由で〝転職先〟として考えているひとが多いです。儲け仕事と考えてやってくる、つまり葬式仏教を求めてくるひとも確かにいます。しかし、現実的にはそれは無理な話ですよ」

そこで、「なぜ？」が出てくる。そういう現実をわかっていながら、なぜ出家するひとがいるのか。なぜ俗世での生活を捨て、小僧さんとして厳しい修行に挑むのか……。

2

律院で修行中の観俊さんは、かつて音楽・映像業界で働いていた。

「高校時代はフォークブームの真っ盛りでしたから、吉田拓郎や泉谷しげるに憧れて自分でもギターを覚え、作詞作曲を始めて、一時は本気でシンガーソングライターを志していました」

観俊さんは一九五四年生まれ。典型的なロック・フォーク世代の青春である。もちろん、そこには仏教の「ぶ」の字も、ない。

プロデビューの話もあったという観俊さんだが、結局アーティストとしてやっていくのは断念し、裏方として音楽の世界にかかわっていく。大物アーティストのマネジャーを務めたり、カラオケビデオを制作したり……。

そんな生活をつづけていた観俊さんが仏教の世界に興味を持ちはじめたのは、不慮の事故がきっかけだった。

「腰の骨を圧迫骨折してしまいました。二ヵ月近く入院したあと、自宅療養をつづけていたんですが、そのときにいわゆる霊体験をしたんです。布団に横になっていると突然窓の外で音がして、パッと見てみると、なにか影があるんです。その瞬間、金縛り状態になりました。すると、壁をすり抜けるように、人の形をしたなにかが入ってきた。恐ろしくて恐ろしくて、心の中で必死に『南無阿弥陀仏』など知っているお経を唱えると、それはスーッと私のそばを通り抜けて消えていって、金縛りも解けました」

それ以来、仕事のかたわら高野山に参拝に出かけたり、仏教哲学の本に読みふけるなど、観俊さんは急速に仏教への関心を深めていった。

一九九九年夏、東京暮らしに見切りをつけた観俊さんは自宅の引っ越しの準備を進めていた。バブル崩壊後の不況は音楽・映像業界も直撃して、観俊さんも新人アーティスト発掘のプロジェクトに乗りだしたものの、直前になってスポンサーに逃げられてしまったのだ。

「『もういいや……』という気持ちになったんです。なにをしようと決めていたわけではないんですが、とにかく田舎に帰ろう、と」

ところが、引っ越し前日の朝になって、観俊さんは高野山に「お坊さんになるにはどうしたらいいでしょうか」という電話をかけた。

「自分でも不思議でした。それまで出家は全然頭になかったんですから。ただ、電話をしたときの行動や言葉は、ほんとうに自然なものだったんです」

　そして、観俊さん、故郷のお寺の住職に「どこの宗派でも一緒、要は心の問題」と、在家からでも入学できる僧侶養成機関『叡山学寮』のある比叡山を勧められ、律院の小僧さんとなったのである。

「もともと比叡山については、信長の焼き討ちなど怖いイメージがあって、あまり好きではなかったんですけど」

　と観俊さんは苦笑する。

　高野山（真言宗）から比叡山（天台宗）へ——。仏教の専門家にとっては宗派の違いは大きいのかもしれないが、観俊さんには「お坊さんになりたい」という一心しかない。ある意味では無手勝流、そこに〝当世小僧気質〟の一端が垣間見えるかもしれない。

　そもそも、律院の俊照大阿闍梨もまた、在家からの出家者である。香川県坂出市に生まれた大阿闍梨は、生家の事業が失敗したために、口減らしとしてお寺の小僧さんになったのだ。

　そんなご自身の出家の経緯もあるせいか、大阿闍梨は出家希望者に出家の理由はいっさい尋ねないという。

「ご縁があれば受け入れる、ということです。観俊のように四十歳を過ぎてからの子はほとんどいませんが、条件があるとすれば『朝きちんと起きられるか』『上のひとの言うことを聞けるか』だけですね。それができるのであれば、前歴や年齢は問いません。出家の理由も関係ありませんから」

律院での小僧生活に入ってから約三ヵ月後——一九九九年十月二十九日、観俊さんは正式に得度した。

＊

小僧さんの生活は、毎日多忙をきわめる。

朝五時には起床し、食事当番は朝食の用意にとりかかり、その他の者は本堂と護摩堂の掃除。六時から約二十分の朝の勤行が終わると、院内の掃除である。

午前七時半〜八時頃に、大阿闍梨の朝食。信者が大阿闍梨を訪ねてきたら、そのひとの食事も用意しなければならない。小僧さんの朝食は、むろん食器洗いなどの後かたづけが終わってからだ。台所の出入り口近くの板の間でさっさと食事を終えると、トイレ掃除に風呂掃除が待っている。

十一時からは大阿闍梨による護摩焚きの手伝い。「ひとのために祈るのが坊さんの務め」(後照大阿闍梨)なので、信者の願い事が記された護摩を焚くのは一日の中で最も重要な時間だ。律院には毎日三十人近くのひとが祈願に訪れ、休日ともなれば百人近くになることも珍しくない。そのひとたちの昼食のお世話も、小僧さんの仕事である。

小僧さんの昼食は午後一時半頃。かき込むように食べて、午後は護摩木を割ったり、大阿闍梨に言いつけられた仕事をこなしたり……。次から次へと仕事はある。たとえ言いつけがなくとも仕事を自分で見つける、というのが鉄則で、そこに「気の利く、利かない」の差が出てくるのだとか。

午後四時半からは、朝と同様、約二十分の勤行。午後六時頃、夕食。後かたづけを終え、一息つけるのが八時過ぎだが……もちろん、大阿闍梨から呼ばれたり、居間と台所を結ぶブザーが鳴らされたりすれば、なにをおいても駆けつけなければならない。

現在、律院で修行している小僧さんは、観俊さんを含めて四人。うち在家出身者は三人である。

小僧頭の慶俊さんは観俊さんと同じ四十五歳だが、他の二人は年下。しかし、小僧さんの世界での先輩後輩は、あくまでも得度した順番になるので、観俊さんはただいま律院の下っ端ということになる。

おまけに、律院での小僧部屋は二十四畳の大部屋。棚やタンス、布などで各々自分のスペースを確保してはいるが、プライバシーを完全に守るのは難しい。さらに用事を言いつけられないかぎり外出禁止、休みは月に一度、食事は精進料理のみ……一事が万事、出家前の常識は通用しない世界なのである。

＊

中高年の出家者にとって最も厚い壁は人間関係だ、と前出の東京国際仏教塾・浅田さんは言う。

「仕事の肉体的なつらさはもちろん、若い先輩に命令されるということに耐えきれずにやめていくひとが多いんです。得度をした順番なんだからしかたないんだ、と頭の中では理解できていても、どうしても本能的に受け入れられないのでしょう」

もっとも、観俊さんは「人間関係が大変なのは、娑婆の世界でも同じですよ」と、さらりと言った。

「なにごとにもこだわりたくないし、実際、こだわらなくなりましたよ。だって、それが一番楽でしょう？ 律院に来て、ゆったりとした心持ちになったんです。譬えるなら、吹いてくる風が暖かくて気持ちいいという感じですかね」

と――ぼくの相槌は途中で止まってしまう。「ゆったり」と言い「風が暖かくて気持ちいい」と言う観俊さんの感想は、ぼくが（そしておそらく世間一般のひとが）思い描いている修行のイメージとは正反対ではないか？

仕事の忙しさについても、観俊さんは気負いなく、こう言うのだ。

「もともと小僧生活がどんなものか想像すらしていなかったので、『ああ、こんなものか』という感じでした。命じられた仕事をきちんとやればいいわけですから、かえって楽ですよ。川の流れの中にいるように、いまの生活はすごく自然だと思っています」

さて――。

比叡山を登る読み物作家のスタミナは、いよいよヤバくなってきた。ふくらはぎはパンパンに張り、息をするたびに胸が絞られるように苦しくなる。

先頭を行く俊照大阿闍梨との距離はずいぶん離れてしまった。大阿闍梨に付き従う観俊さんの背中も、遠い。

四十五歳という年齢、修行歴わずか半年ということが信じられないほどの軽やかな足取りだ。それも、肉体的に鍛えられたというより、体の重みそのものをなくして、飄々と足を運んでいるようにさえ見える。まさに、自然体なのである。

正直に言う。前夜の取材では、ぼくは「修行の厳しさやつらさ、あるいは後悔を押し隠した建前ではないのか？」という思いを持ちながら観俊さんの話を聞いていた。

だが、観俊さんの背中を見ていると、前夜の話を素直に受け入れるしかないようにも思えてくる。やはり、あれは〝本音〟だったのだろうか……。

なにより、同じ〝本音〟を、ぼくは昨日のうちに、律院からほど近い一隅照舎《いちぐうしょうしゃ》で修行中の慈明さん（二十三歳）から聞いていたのだった。

＊

慈明さんも、在家からの出家者である。「高校時代は多少やんちゃでした」と笑うとおり、仏教との縁はケンカがきっかけだった。

高校一年生のときに繁華街で総勢三十人近くの大立ち回りを演じ、家庭裁判所に送られた慈明さん、更生のために比叡山の居士林《こじりん》（企業が社員研修などに使う在家の研修道場）で春休みに修行を積むことになったのだが——。

「当時の僕が持っていたお坊さんのイメージは『頭を剃って、金儲けをしている人』でしたから、そんなひとに指導されることなんてなにもない、と思っていたんです」

ところが、居士林に着いて早々、慈明さんはイメージとはまったく違うお坊さんに出会う。

「実は、こっちの都合で居士林に行くのが一日遅れていたんです。中に入って、『遅れて申し訳ございません』と言おうとしたら、怖い顔をしたお坊さんにいきなり『遅れてきて、そのでかい態度はなんだ！』と怒鳴られました。それまでそんなふうに怒られたことはなかったので驚きましたが、不思議と反発の気持ちは湧かず、なにかとても嬉しかったんです」

不良少年の慈明さんを一喝したお坊さんこそが、現在の師匠である一隅照舎・高川慈照住職だったのだ。

翌日から研修のサラリーマンとともに過ごした居士林での生活は、ひたすら怒鳴られどおしだった。作法が厳しく、なにをしても怒られる。

ところが、サラリーマンが研修を終えて帰ってしまうと、指導員の助手を務めるお坊さんたちの顔が急に柔和になった。食事などの作法も、いっぺんにゆるやかになった。怪訝に思った慈明さんが尋ねると、笑って曰く「あれは表の顔。あんなことを毎日してたら息が詰まっちゃうだろ」。

幻滅したか？　失望したか？

いや、違う。慈明さん、それを聞いて嬉しくなったのだ。

「『ああ、お坊さんも僕らと同じ人間なんだな』と、親近感が湧いてきたんですよ」

話をしていくうちに、いままでのお坊さんの悪いイメージもすっかり消えて……その後も休みのたびに比叡山に出かけ、高校三年生の終わりに得度。

「師匠も在家出身なのですが、師匠や先輩方に得度のときの話を聞くと、みんな一大決心の瞬間だったと言うんです。でも、僕はそんなことは全然なくて、なりゆきのような感じで、自然な形で得度しました」

観俊さんと同様、慈明さんもまた〝自然〟に娑婆を捨てたのだった。

慈明さんは、出家にあたって一つの目標を持っていた。

「三年籠山行《ろうざんぎょう》（比叡山に三年間こもって、娑婆との関係を一切絶ち、たとえ親が死のうとも山から下りずに修行に励む）をやっている先輩方を見ていると、苦しいんだけど楽しそうなんですよ。それで、僕も三年籠山行をやって、お坊さんとはなにかを知ってみたくなったんです」

知ったあとのことはまだなにもわからない、という。

「こんなにつまらないものだと思ったらやめるかもしれませんし、魅力のあるものに思えて、進むべきものが見えたら、行の道に進むでしょうね」

いかにも〝いまどきの若者〟らしい現実主義のクールな姿勢だ。また、見方によっては、出家の心構えに首を傾げるひともいるかもしれない。

だが、得度後、一隅照舎で小僧さんをしながら叡山学院に四年間通った慈明さんは、高い理想を掲げて比叡山にやってきたはずの仲間たちが学院を去っていく姿を、幾度となく目の当たりにしている。

「特に在家からお坊さんになろうとするひとは、すごい決意、理想を持って出家してくるんですよ。でも、環境や目指すものが違うとか言って、やめていってしまうんです。彼らがいったいなにを理想としているのか、僕にはまったく理解不能なんですけど……」

小僧さんの生活についても、つらさを感じたことはまったくない。

「小僧生活をヘンに修行ととらえてはだめですね。師匠の言うことをすべて聞くだけ、ぐらいの気持ちじゃないと。修行修行と堅く考えると、つぶれてしまいますよ」

歳が二十歳以上も離れた観俊さんと慈明さんだが、自然体で小僧さんとしての日々を過ごしているところは共通している。

こう見てみると、どうも〝修行＝厳しさ、禁欲主義〟というのは、娑婆の側の勝手な思い込みなのかもしれない。いや、実際に修行は厳しく、禁欲主義も強いてはいるのだが、それをあたりまえだと受け止められるひとだけが修行に耐えられる、ということなのだろうか……。

3

曹洞宗の在家出家者の例も、ご紹介しておこう。

愛知県豊川市にある正岡寺で看住（住職に準ずる立場で寺を守る僧侶）を務める永井隆志さん（四十九歳）は、大手カメラメーカーからの脱サラ出家組である。

高卒で就職したばかりの頃に座禅に魅せられ、参禅会にも参加していた隆志さん、二十五歳で結婚した頃にはその熱もすっかり冷めていたのだが、三十歳頃から再び座禅を始めた。

「週末には必ず参禅会に通い、永平寺にも行きました。気が多いものですから、仲間が『あそこに行った、ここの寺で座禅を組んだ』という話を聞くと、じゃあ行ってみようと思ってしまうんです。あまりにものめり込んでいるので、永平寺の体験修行の申し込み葉書を嫁さんにびりびりに破り捨てられたこともあります」

もっとも、その頃の隆志さんには、座禅から悟りを得ようという気持ちはなかったという。

「『自分にもできる』ということ以上のものは求めていなかったし、ただ座禅をしているのが気持ちよかっただけなんですよ」

そんな隆志さんが、四十歳前後から「会社を辞めて、お坊さんになりたい」と思うようになった。最初のうちは相談した住職や奥さんから反対されてあきらめていたが、一九九四年、勤めていたカメラメーカーのリストラ策により関連会社に出向させられ、さらに希望退職者の募集が始まったことで、「私の中で、なにかがプツンと切れました。『ああ、もう辞めた』と自然に思ったんです」。

天台宗の観俊さんや慈明さんと同じキーワード――〝自然〟が、ここでも出てきた。

「三人の子供の学費のことも心配でしたし、嫁さんには『なんでお坊さんになりたいのか子供にちゃんと説明してください』と言われましたが、結局はうやむやのまま、その年の九月に得度しました。高専四年生で、大学進学を希望していた長男が、一番反対しました。親の義務を放棄した、と子供たちは思ったでしょうね……」

＊

得度後、隆志さんは石川県の大乗寺で二年間の修行生活を送り、一九九七年十月に山を下りたあと、得度を受けた花井寺の下寺・正岡寺の看住になった。正岡寺の檀家は四十戸ほどで、葬儀は師匠である花井寺の住職がおこなうが、御年忌や月参りは隆志さんの仕事だ。

「月参りは、月命日に仏壇の前で三十分ほどお経を読むんです。多いときで一日三軒で、それが私の固定給みたいなものですね。前の給料と比べたら三分の一は少ないんですが、お米や野菜は檀家の方にいただけますし、なんとか食べてはいけます。嫁さんからは『とてもやっていけない』とは言われてませんので、最低限のことはしているかな、と。長男ですか？

結局高専を卒業したら就職しました」

現在、隆志さんは寺に寝泊まりし、家族は数キロ離れた自宅に暮らす。念願の生活である。そのはずである。そうでなければ、本人も家族も、困ってしまう。

だが――じつはいま、隆志さん、参禅会に通っていた頃や修行中のような充実感が薄れてしまった、という。

「あれだけやっていた座禅を、いまはほとんどやらなくなりました。一人でやると、どうもピリッと来ないんです。朝のお勤めにしても六時からやっていますが、冬は寒いので布団から出るのがつらくて、六時には始められないこともあります。一人でやるのは大変ですよ」

曹洞宗では住職になるまでに三つの段階がある。隆志さんはそのうち二つ――得度と法戦まではすませたが、最後の伝法については、まだ。

師匠の花井寺・井上義臣住職（五十七歳）は「伝法は彼が求めないからしていないだけです」と言う。

「『今後のことを考えろ』とは言っていますが、上から言ってもダメ。彼が自分で考えることが大事なんです」

師匠のそんな言葉に対し、隆志さん自身は、「今後のことは縁の問題ですからね。上を見ても下を見てもきりがないですから……」と歯切れ悪く答えるのだった。

＊

観俊さんや慈明さんに比べて、隆志さんをご紹介する筆致は、少々意地悪で冷たいものになってしまったかもしれない。

しかし、ある意味では、三人のうちで最も切実な問題に直面しているのは隆志さんだとも言えるのだ。

独身だった二人と、妻子持ち——という対比ももちろんあるだろうが、それ以上に、隆志さんはすでに小僧さんの生活を終えてしまったということが大きいのではないか。

大乗寺での修行の日々を、隆志さんは「あの頃が一番良かったかもしれませんね。決められたことさえやればいいので、修行生活をエンジョイさせてもらいましたよ」と振り返る。

ところが、いま、師匠は「自分で考えることが大事なんです」と言う……。

それは、皮肉なことに、彼らが捨ててきたはずの娑婆の世界が規範や正解を失ってしまい、〝自己責任〟の名のもとに迷走しているのと、きれいな相似形をかたちづくっているのだ。

かつて森鷗外が近代日本を〝普請中〟と呼んだのに倣えば、日本は、そしてぼくたちは、〝修行中〟だった頃が最も幸せだったのかもしれない。

いや、生意気なことを言うのはよそう。ぼくは修行のかけらにもならない根本中堂までの山歩きすらろくにこなせなかった、へなちょこな中年読み物作家である。

根本中堂までやっとの思いでたどり着いても、実は道のりは半ばにすぎない。本来ならば、ここから小僧さんたちは京都市内の延暦寺支院・赤山禅院《せきさんぜんいん》まで、さらに比叡を登り、下っていくのである。

だが、俊照大阿闍梨は「ここからは、わしと一緒に車で行こう」と救いの手をさしのべてくれた。というより、ぼくのペースに合わせていては赤山禅院での護摩焚きに間に合わない、と判断されたのだろう。

観俊さんは一服する間もなく赤山禅院に向かった。その後ろ姿はどこまでも気負いのない自然体で、汗のにじむ目をしょぼつかせながらそれを見送っていると、よけいな理屈などなにもいらない、ただ素直に「うらやましいな……」と思ったことも、事実なのだ。

そして、いま、この原稿を書いているのは二〇〇〇年三月下旬――。

都会暮らしの中年読み物作家は、あいかわらず自堕落でワガママな日々を過ごしている。比叡山にも遅い春が訪れただろう。

「信者さんを坂本駅まで車でお送りするときに、出家した理由をよく訊かれるんです。でも、五分やそこらだと『なりゆき』としか言えないんです。こうして時間があれば説明できるんですが、もっと突き詰めて考えてみると、やっぱり『なりゆき』になっちゃうんですよね……」

そんなふうに話してくれた慈明さんは、いま、目標だった三年籠山行に入っているはずである。

三年後にどんな道を選ぶのか、それはいまは誰にもわからない。

「落ち着いたら、友人知人に手紙を書いて、いまの暮らしを知らせようと思います」と話していた観俊さんは、もう手紙を書いただろうか。

正岡寺の隆志さんは、「今後のこと」を決めただろうか……。

最近、原稿書きに疲れたときにふと思いだす言葉がある。

赤山禅院で修行中の円俊さん（三十八歳）は、ぼくにこう言ったのだ。

「女房や仕事に飽きたら、いつでもおいで！」

桜の森の満開の下にあるものは……

同じ新潟だから――と、こじつけたわけではない。

ただ、彼の名前は、少女監禁事件の報道に初めて接したときから、より正確に言えば事件のキーワードとして〝監禁〟が提示されたときから、ずっとぼくの頭の片隅にあった。

新潟県に生まれ育ち、日本海の砂浜をふるさとと呼んだ、一人の文学者である。戦後の混乱期に「生きよ堕ちよ」と唱えた男である。文章に「孤独」を好んで用い、それゆえの極限状況の愛欲を、決して結構が整ったとは言えないいくつもの小説で語りつづけた男である。

今回の寄り道の同伴者は、坂口安吾になる。

1

＊

二〇〇〇年一月二十八日に少女が保護されて以来、どのメディアにも〝監禁〟という言葉があふれかえった。もちろん、それは間違いではない。少女が九年二ヵ月もの長きにわたって外出の自由を奪われていたのは事実だし、佐藤宣行《さとうのぶゆき》被告が起訴された罪状も逮捕監禁致傷となっている。

しかし、なるほどいかにもセンセーショナルなその言葉を見聞きするたびに、ぼくはなんとも言えない違和感を覚えていた。

確かに佐藤は少女を〝監禁〟したのだが、はたしてそれは彼の目的だったのだろうか……。

少女が一室に閉じこめられていた九年を超える日々は、あくまでも報道された範囲でしかとらえることはできないのだが、ぼくたちが〝監禁〟という言葉からごく自然に思い描くイメージからは微妙にずれていないか？

起訴状によれば、佐藤は〝監禁〟当初は「山に埋めてやる」「海に浮かべてやる」などの言葉の脅迫に加え、ナイフを腹部に突きつけて脅したこともあったというが、その一方で少女を部屋に残して外出するなどの行動も確認されている。だからこそ、事件の第一報を伝える新聞報道の中には、東京スポーツのように〈ゆるい軟禁状態〉という表現を用いているものもあり、運命共同体となった被害者と犯人との間に特別な感情が芽生える、ストックホルム・シンドロームの可能性を示唆する識者も少なくなかったのだ。

いや、ぼくはここで「なぜ逃げなかったのか」という問いを発したいのではない。被害者の少女の心理や行動について無責任な忖度《そんたく》をし、「なぜ」を投げかける権利は誰にもないはずだ。

ぼくが〝監禁〟という言葉にずれを感じるのは、あくまでも佐藤について、である。

たとえば、一九八九年三月に発覚した、いわゆる綾瀬女子高生コンクリート詰め殺人事件での〝監禁〟は、こんなぐあいだった。

〈一九八八年十一月二十五日に被害者の女子高生を〉少年Aの自室に拉致したのである。そして、仲間と一緒になって監禁、輪姦と暴行をくり返し、八九年一月三日、衰弱したJ子さん（原文・実名）がフトンに失禁すると、少年たちは彼女の手足にライターの火を押しつけたり、殴る蹴るなどの乱暴を四日未明までつづけ、ついにはJ子さんを死亡させたのである〉（山崎哲著『「事件」ブック』）

この事件の〝監禁〟期間は、約四十日。コンクリート詰めの遺体で発見されたJ子さんの体重は十数キロも減っていたというから、まさに死に向かって坂道を転げ落ちるような日々だったはずだ。

それに比べると——佐藤が少女と過ごした日々は、やはり異様に長い。そしてなにより、その目的が見えない。少なくともこれは営利誘拐における〝監禁〟ではないし、綾瀬の事件のように嗜虐の欲望の暴走とも考えづらい。

となると、〝監禁〟は結果論、すなわち九年二ヵ月にわたって誰にも見つからなかった結果としてのものなのだとは言えないか。〝監禁〟の先になにか目的があったわけではなく、彼は少女を〝誰にも見つからない宝物〟にしておきたかっただけなのではないか。あたかも、幼い子供が、きれいなビー玉を机の引き出しの奥深くに隠しておくように……。

＊

拉致、略取、誘拐、逮捕、監禁といった罪名ではない言葉を探したい。

佐藤と同年齢の（それはつまり、ぼくと同い歳でもあるということだ）幼女連続殺害事件の宮崎勤被告にも通底し、あるいは逆に犯罪には至らない、ぼくたちの心の中にもひそんでいる思いを象徴しうる言葉が、どこかにないだろうか。

そう考えたときに、坂口安吾が浮かんだのだった。

さらってきた女や逃げ込んできた女と、孤独を背負った男との日々を描いた安吾の小説のいくつかが、微妙にこの事件に重なり合うような気がしてならないのだ。

安吾は『いずこへ』という短編小説で、女性と付き合うことをこんなふうに表現している。

〈私が、一人の女を所有することはすでに間違っているのである〉

所有――。

人間関係を示す言葉としてはきわめていびつではあっても、そのフレーズを読み返すたびに、ぼくはぞっとするようなリアリティを感じていた。それは、小説の修辞を超え、自他の関係性をも超えて、ぼくたちの欲望の最もあらわなかたちを示しているのではないか、と……。

柏崎の事件もまた、〝所有〟というキーワードで語られうるはずだ、とぼくは思う。

佐藤は、少女を〝所有〟しようとした。そのためには〝監禁〟という形態をとるしかなかった。ぼくは、この事件をそういう構図でとらえている。

〝所有〟には終わりがない。言い換えれば、〝監禁〟の終着点はどこにもない。九年二ヵ月という月日の長さを悲しむべきか、綾瀬の事件のように死という終着点を持たなかったことを不幸中の幸いとすべきかはともかくとして、社会学者の宮台真司に倣えば〝終わりなき日常〟の中に、彼と少女はいた。

安吾の『いずこへ』の主人公〈私〉は、自由を束縛する女の愛情をうとましく思いながら、彼女と別れることができずにいる。

〈私が女を所有したことがいけないのだ。然し、それよりも、もっと切ないことがある。（略）私はいったいどこへ行くのだろう。この汽車の旅行は女が私を連れて行くが、私の魂の行く先は誰が連れて行くのだろうか。（略）然し私がこの女を「所有しなくなる」ことによって、果してまことの貞節を取戻し得るかということになると、私はもはや全く自信を失っていた。私は何も見当がなかった。私自身の魂に。そして魂の行く先に〉

佐藤にも〈切ないこと〉はあったのだろうか。彼の魂はどこへ行こうとしていたのだろうか。

事件報道は、新潟県警の初動捜査ミスに始まり、記者会見での虚偽の発表、温泉マージャン接待と、批判や検証の焦点を事件そのものから警察へと移していった。それこそ〈いったいどこへ行くのだろう〉といった調子で報道が事件から遠ざかっていったあとに、佐藤も少女もいなくなった部屋だけが、ぽつんと残された。

二〇〇〇年四月八日、土曜日。ぼくは柏崎へ向かった。バッグには新聞記事のスクラップの代わりに、坂口安吾の文庫本を数冊放り込んである。

その日、東京の桜は満開だった。

2

柏崎から西に三十キロほどの場所にある犀潟駅からJR北陸本線の各駅停車に乗り込んだ。東京から最短のコースをとるのなら長岡から北陸本線を西へ向かえばいいのだが、あえて遠回りした。長岡から柏崎までの線路は、海から離れて延びている。海のそばを通りたかった。安吾の愛した日本海である。

陽はとっぷりと暮れ落ちて、車窓のうんと遠くで漁り火が揺れているのが見える。土底浜、潟町、上下浜、青海川、鯨波……潮の香りが漂ってきそうな名前の小さな駅を経て柏崎へと至る車中で、文庫本をぱらぱらとめくる。

今夜は柏崎駅前のホテルに宿をとり、明日の朝、佐藤宣行被告の自宅に向かうことになっている。市内の取材や帰京後のスケジュールから考えると、さほどの寄り道はできそうもない。

しかし、各駅停車の列車に揺られているうちに、ぼくは頭の中で勝手に寄り道を始めていた。

佐藤の自宅の、数えきれないほどテレビ画面に映し出された二階のあの窓から、桜は見えるだろうか――。

柏崎に近づいた列車は、ガタガタと身震いしながら速度をゆるめていく。

読みかけの文庫本を閉じる。

鈴鹿峠の桜の森に棲む山賊が、一人の美しい女をさらって女房にする――『桜の森の満開の下』を、ぼくは読んでいたのだった。

〈桜の森は満開でした。(略)花の下の冷めたさは涯のない四方からドッと押し寄せてきました。彼の身体は忽ちその風に吹きさらされて透明になり、四方の風はゴウゴウと吹き通り、すでに風だけがはりつめているのでした。彼の声のみが叫びました。彼は走りました。何という虚空でしょう〉

『桜の森の満開の下』の女は鬼だった。山賊は彼女に命じられるまま殺人と強盗を繰り返したすえに、満開の桜の花の下で彼女の正体を知り、〈全身が紫色の顔の大きな老婆〉になった彼女を絞め殺す。

ここは文芸評論の場ではないので安吾文学について多くの紙幅を割くわけにはいかないが、安吾は一貫して、無垢なる聖少女性と貪欲なる母性の両極を(引き裂かれつつ)描いてきた。

『桜の森の満開の下』は、聖少女を愛したはずの山賊が、じつは〈老婆〉――すなわち母親に心身を絡め取られていた、という物語である。

ぼくがこの物語と重ね合わせようとしているのは、佐藤―少女ではなく、佐藤―母親の関係なのだ。

＊

佐藤は、父親六十三歳、母親三十六歳のときの子供である。幼い頃から両親に、特に母親に溺愛されて育ってきた、と知人や親戚は語っている。

一九六二年生まれの彼の（それは同時に、一九六三年生まれのぼくの）世代にとって、最もわかりやすい親の溺愛の形といえば、欲しいモノをなんでも買い与えられること。すなわち、より多くのものを、より安易に〝所有〟するということ。それこそが物心両面での〝豊かさ〟だと信じられていた時代が、かつて確かにあったのだ。

この事件の背景を世代からとらえようとする週刊誌の記事もある。佐藤に加え、前出の宮崎勤被告、オウム真理教の上祐史浩幹部がともに一九六二年生まれの三十七歳で、さらに和歌山ヒ素カレー事件の林眞須美被告は一歳上の一九六一年生まれだということから、〈「昭和37年生まれ」が身勝手犯罪のキーワードだ！〉（「週刊宝石」）となり、〈「37歳」に気をつけろ！〉（「女性自身」）となるわけだ。

「酒鬼薔薇聖斗」事件のあとの十四歳バッシングや、行きずり殺人が連続して起きたときの二十代無職バッシングをつい連想してしまうような企画ではあるのだが、ここで紹介された世代の特徴には、みごとなまでに〝豊かさ〟の罪が刻印されている。

〈高度経済成長によって「食うために生きていた」生活から、そこそこ豊かな生活ができるようになった。彼らの犯罪は、この豊かな生活と無関係ではない〉〈生活が豊かになると、食うために生きるという本質的な面が欠落したまま、欲望の部分のみ掘り下げていくようなことが起こる〉(産能大教授・安本美典)

〈子供は自分が望めばなんでも手に入ると思い始め、感情の抑制力が低下し、だんだん自己愛がエスカレートしていく〉(精神科医・町沢静夫)

〈彼ら以前の犯罪は、食欲や性欲など、欠乏したモノを求めての〝凹型犯罪〟がほとんどだったが、彼らの犯罪は、犯罪そのものが目的になるという〝凸型犯罪〟だ〉(社会評論家・赤塚行雄)

ちなみに、一九六二年生まれの芸能人は、松田聖子、羽賀研二、叶恭子、山咲千里……。なるほど、なにかにつけて〝豊かさ〟にこだわる面々が揃っている、とこれは軽口。

いずれにせよ、モノにかんしては満たされてきた世代なのである。

幼い頃はお菓子やオモチャを買い与えられればそれでよかったが、成長するにしたがって、〝所有〟したいものは変わってくる。

たとえば、個室。たとえば、ラジカセ、テレビ、ビデオデッキといったメディア。たとえば、車。

佐藤の事件では、増築工事が中断したせいで壁が二重になってしまった〝監禁〟部屋の存在がクローズアップされた。多くのメディアに佐藤宅の間取り図が紹介され、NHKは部屋をセットで再現するほどの凝りようだった。

思いださないだろうか？

宮崎勤事件のときにも、報道の主役は彼の個室だった。

そして、メディアが声を嗄《か》らして「異常だ」「異様だ」と強調したのは、彼が六千本にも及ぶビデオテープを〝所有〟していた、ということではなかったか――。

＊

冷たい風が吹き渡った前日とはうって変わって、四月九日の空は朝からきれいに晴れ上がっていた。

柏崎駅からタクシーで数分の距離に、佐藤の自宅はあった。

二階の窓には内側から布か紙のようなものが貼られ、外から部屋の様子を窺うことはできない。

建物はL字形をしている。Lの懐が庭になっているが、せいぜい二、三メートル四方の広さのその庭に開放感はまったくない。庭のスペースのほとんどを数本の松の木が占めているせいだ。二階の屋根ほどの高さがある松の木は、あまり手入れもされていないのだろう、横にも枝が伸び広がって、まるで目隠しのように少女の〝監禁〟されていた部屋の窓を覆っている。

家の向かい側は、公園。ぽかぽかと暖かい日曜日の午前中ということもあって幼い子供を遊ばせる家族連れも多い。敷地ぜんたいが道路より低い位置にある公園から眺める佐藤の自宅は、直線距離以上に遠く感じられる。

「この公園は、もともと溜め池だったんです。それを一九六三年頃、新潟国体のハンドボールの会場にするために埋め立てたんです」

散歩中だった近所の老人が教えてくれた。つまり、この公園もまた、ある種の増築部分なのである。

考えてみれば、増築というのは陣取りゲームの領土拡大に似ている。〝所有〟するものを増やすことが〝豊かさ〟に直結するという思想に基づく、いわば足し算の論理である。

宮崎勤被告の自室が離れだったことを思いだしてもいいし、本書の第一章でとりあげた池袋通り魔事件の造田博被告の故郷が干拓によって農地を広げた町だったことを想起してもいい。足し算の論理からはみ出してしまうもの、足し算をしたゆえにひずんでしまうものが、確かにある。いや、〝所有〟そのものが次々に足し算され、肥大していった果ての悲劇もあるだろう。たとえばバブル崩壊もそうだし、もっと犯罪に引きつけようか、〝愛〟を〝所有〟でしか捉えられないというのが、つまりはストーカー犯罪の原理であり、幼児虐待の根底なのではないだろうか。

佐藤の母親は、「二階で独立した生活ができるようになれば仕事に就く」という息子の求めに応えて、二階に台所などを増築したのだという。しかし、これでは正確な意味での独立にはならない。両親の家に息子の家を接ぎ木しただけである。母親は息子を一度たりとも手放そうとはしなかったし、息子も母親のもとから離れようとはしなかった。

報道では、息子の激しい家庭内暴力や母親に対する支配の数々が伝えられたが、はたして彼は母親を〝所有〟していたのだろうか。ぼくは逆だと考える。彼は、じつは母親に〝所有〟されていたのではないか。

九年二ヵ月もの間、二階の少女の存在に気づかなかったという母親は、「息子の暴力が怖くて二階に上がれなかった」と捜査員に話しているという。しかし、母親が真に恐れていたものは、暴力の先にある、母子関係の解消という事態ではないだろうか。それは息子の側も同様である。だからこそ、母親にわがままを言い募る一方で、体をいたわる言葉をかけていた。母親は息子に盲従することで我が子を〝所有〟しつづけ、息子は母親に〝所有〟されながら、家の中の独裁者としてふるまう……。

高卒後、地元の機械メーカーに就職した佐藤は、無断欠勤や遅刻を繰り返したすえ、数ヵ月目の朝、「蜘蛛の巣にひっかかった」という理由で通勤コースを引き返して帰宅し、以来、自宅にひきこもるようになる。

蜘蛛の巣——これもまた、皮肉なキーワードだろう。彼はそのときすでに透明な蜘蛛の巣に心身を絡め取られていたのだから。

この家で真に〝監禁〟されていたのは、もしかしたら終わりのない母子関係の中を生きる二人だったのかもしれない。

＊

佐藤は、小学校の卒業文集に『しんだうぐいす』という作文を書いている。

〈ぼくのうちのうぐいすは、おとうさんに、とてもかわいがられていました。(略)ぼくも、お手つだいをしました。／うぐいすは、とてもよろこんでいるようでした。とまり木からとまり木にうつったりして、まい日、かごの中であそんでいました。／ある日、みずあびをしているとき、うぐいすがにげてしまいました。いつかえってくるかとしんぱいでした。／三日めのあさおきて、よいくうきをすおうとおもって、そとへでてみると、うぐいすが、よこになってしんでいました。おとうさんは、「おおごとした」といいました。ぼくは、しんだうぐいすを、あなをほってうめました〉

担任の教師が寸評で〈うぐいすは、どうしてにげたの。そして、どうして、しんだの〉と問いかけるほど淡々とした作文である。

〝監禁〟事件のあとで読み返してみると、カゴの中の鳥というイメージがより強調されるが、ぼくはむしろ、我が家を出ていった鳥が死体となって帰ってきたというところに、禍々しい予感を感じ取る。彼にとって、家を出ていくこと、そして帰ってくることは、かくのごとく不吉で不安なことだったのではないか——と読めてしまうのだ。

坂口安吾の文庫本をめくってみよう。『日本文化私観』の中には、家と自分とをめぐるこんな一節がある。

〈「帰る」ということは、不思議な魔物だ。「帰ら」なければ、悔いも悲しさもないのである。「帰る」以上、女房も子供も、母もなくとも、どうしても、悔いと悲しさから逃げることが出来ないのだ。（略）この悔いや悲しさから逃れるためには、要するに、帰らなければいいのである。そうして、いつも、前進すればいい。ナポレオンは常に前進し、ロシヤまで、退却したことがなかった。ヒットラーは、一度も退却したことがないけれども、彼等程の大天才でも、家を逃げることが出来ない筈だ。そうして、家がある以上は、必ず帰らなければならぬ。そうして、帰る以上は、やっぱり僕と同じような不思議な悔いと悲しさから逃げることができない筈だ、と僕は考えているのである〉

しかし、「帰る」ことの悔いや悲しさから永遠に逃れる方法は、じつは一つだけある。家を出ていかなければいいのだ。「行ってきます」を言いさえしなければ、「ただいま」も言わずにすむ。悔いも悲しみも味わうまいとすれば、それしか、ない。

母親が買い与えることのできなかった唯一のもの——少女を、佐藤は望みどおりに〝所有〟した。

だが、佐藤は、少女を〝所有〟し、自らも〝所有〟されていた日々に、ほんとうに充足していたのだろうか。

公園からぼんやりと佐藤の自宅を眺めていると、列車の走る音が聞こえてきた。佐藤宅から二百メートルほどの距離にJR越後線の線路があるのだ。

鉄輪が線路の継ぎ目を叩く音を聞きながら、ぼくはまた坂口安吾の文章を思いだす。前出の『いずこへ』の結尾近くの一節である。

〈汽車を見るのが嫌いであった。特別ゴトンゴトンという貨物列車が嫌いであった。線路を見るのは切なかった。目当のない、そして涯のない、無限につづく私の行路を見るような気がするから〉

少女が三条市で連れ去られたのは、一九九〇年十一月十三日のことである。事件が発覚し、少女が保護されるまでの九年二ヵ月――三千三百六十三日は、たとえばこんな文章に重ね合わせられないだろうか。

〈その日から別な生活が始まった。/けれどもそれは一つの家に女の肉体がふえたということの外には別でもなければ変ってすらもいなかった。それはまるで嘘のような空々しさで、たしかに彼の身辺に、そして彼の精神に、新たな芽生えの唯一本の穂先すら見出すことができないのだ。その出来事の異常さをともかく理性的に納得しているというだけで、生活自体に机の置き場所が変ったほどの変化も起きてはいなかった〉

安吾の『白痴』である。

隣家の女房がある日突然、我が家の押し入れに隠れていた、という設定のこの小説には、『いずこへ』にも共通する茫漠とした絶望と孤独感が通奏低音のように流れている。

〈女の眠りこけているうちに女を置いて立去りたいとも思ったが、それすらも面倒くさくなっていた。（略）微塵の愛情もなかったし、未練もなかったが、捨てるだけの張合いもなかった。生きるための、明日の希望がないからだった。明日の日に、たとえば女の姿を捨ててみても、どこかの場所に何か希望があるのだろうか。何をたよりに生きるのだろう。どこに住む家があるのだか、眠る穴ぼこがあるのだか、それすらも分りはしなかった〉

3

一九六〇年生まれのコラムニスト・中森明夫と、一九五八年生まれの評論家・大塚英志は、事件についてこんな興味深い対話を交わしている。容疑者名は、あえて隠して引用してみよう。

〈**中森**　このあいだのコンクリート殺人事件のときにも言われたことだけど「家族」という問題……。今回も言われてますよね。家の中であんなことをしてる、親はなにしてるんだと。

そういうとき、識者が決まって言うのは「家族に帰れ」ということだけど、僕はもう家族には戻れないと思う。「やめろ」というのは父の力でしょ。その禁止する力がなくなり、父が父として機能しなくなったとき、家族はもう意味をもたない。子供は誰もが家庭内孤児になる。本来の孤児になる可能性からさえ捨てられ、つまり二重に捨てられるんですね。孤児であることに耐えられなくなった子供たちは、今、孤児同士が集まって疑似家族を作っているんですよ。

大塚（　）君の場合も、あの《自閉》の象徴のような部屋から、懸命に出ようとしていたんだと思うんです。それはクルマの走行距離にあらわれていると思うけど、彼は彼の家族を探していたんじゃないかと。ただ、探すべき家族を彼は知らないから、あんなふうにさまよい続けたんだと思うな〉

じつは、この対話は十年以上前に交わされたものである。掲載は、「SPA!」一九八九年九月二十日号——ここでとりあげられた事件とは、宮崎勤被告による幼女連続殺害事件。空欄には「宮崎」という固有名が入るわけだ。

しかし、（　）に「佐藤」という固有名を入れてみると、どうだろう。

対話は、きれいに成り立ってしまうのだ。

大塚発言にある〈クルマの走行距離〉をとっても、宮崎は母親に買ってもらった愛車ラングレーで、二年半に約四万六千キロも走っている。月に均《なら》すと千五百三十キロである。一方、佐藤宣行被告は母親の車を乗り回していた。母親はガソリンスタンドの店員に「夜になると、子供がガソリンが空になるまで走りまわる」と話していたという。

また、中森発言の〈孤児同士が集まって疑似家族を作っている〉は、佐藤が少女に「おまえの家はもうない」と語っていたことにもつながるだろう。

ならば、佐藤もまた、宮崎のように〈あの《自閉》の象徴のような部屋から、懸命に出ようとしていた〉のだろうか。

その答えはわからない。

しかし、事件発覚のきっかけとなったのが彼の精神状態の悪化と、母親が家庭内暴力に耐えかねて彼を病院に入院させようとしたこと――〝所有〟をついに放棄したことだったというのは、なにかのヒントになっているのではないか、とは思う。

＊

中森明夫は、対話の中でこう予言している。

〈たぶん90年代には、戦後作り上げてきたものを保とうとする力と、その破綻が、激しくせめぎ合うと思う。それは、もういろんなところで起こりはじめていますよ〉

ここで一九九〇年代に起きた事件の数々をあらためて振り返る必要はないだろう。ただ、佐藤が少女を〝所有〟していた時期が、一九九〇年代をほぼ丸ごと覆い尽くしているということは忘れずにいたい。

職を捨て、世間に背を向けて、「行ってきます」も「ただいま」もない日々を過ごす彼には、昨日と今日、今日と明日の区別はなかったはずだ。

しかし、部屋の外では時は確実に流れている。いや、部屋の中でも、少女は成長する。〝所有〟しているはずの彼の掌からこぼれ落ちてしまうぐらいに。

彼は、自壊した。

一九九〇年代にさまざまなかたちで露呈した〈戦後作り上げてきたものを保とうとする力と、その破綻〉のせめぎ合いを、彼は自らの内部で起こしてしまった。

九年二ヵ月の長きにわたる〝所有〟の罪は、憎みたい。しかし、少女を持て余した彼が、たとえば宮崎が犯してしまったような、より許され難い犯罪へと進まなかった幸運は、喜ぶべきだろう。ぼくは思うのだ。老齢の母親が万が一、この九年二ヵ月の間に亡くなっていたら――すなわち、彼を〝所有〟するものが消え失せてしまっていたら、事態はどうなっていただろう、と……。

公園から、あらためて佐藤の自宅を見つめた。

桜の木は――あった。

公園の角、ちょうど彼の家の正面の位置に。

花はまだ咲いていない。

〈桜の森の満開の下の秘密は誰にも今も分りません。あるいは「孤独」というものであったかも知れません。なぜなら、男はもはや孤独を怖れる必要がなかったのです。彼自らが孤独自体でありました〉（『桜の森の満開の下』）

母親は事件後、親類宅に身を寄せているという。住む者の誰もいなくなった家には、三人ぶんの孤独だけがひっそりと、あった。

晴れた空、白い雲、憧れのカントリーライフ

1

ニュースとしては、決して大きなものではない。

新聞での第一報は、二〇〇〇年三月十七日の夕刊。各紙ともベタ記事の扱いだったのだが、そのなかでも比較的詳細に報じてある毎日新聞から引こう。

〈17日午前0時ごろ、千葉県浦安市入船6のマンション「入船東エステート」1号棟敷地内に、男女2人と男児1人が倒れているのを建設作業をしていた男性が発見、浦安署に届け出た。3人は病院に運ばれたが、男女は全身打撲で間もなく死亡した。男の子も腹部を強く打っており重体。

調べでは、3人は新潟県安塚町のしいたけ栽培業者(39)と妻(35)、長男(9)＝小学三年生。マンション14階の非常階段の踊り場に、脚立と長男のものとみられるジャンパーが残されており、夫婦が子供を道連れにマンションから飛び降り自殺を図ったらしい。

一家は1年ほど前まで隣接する千葉県市川市内に居住していたが、しいたけ栽培のため新潟県へ引っ越したという〉

亡くなった男性――森山さん(仮名)と奥さんには、新潟県安塚町に地縁はない。出身地ではない地方に移住した、いわゆるIターン組である。

ちなみに、都会から故郷に帰るのは、おなじみのUターン。都会と故郷の中間あたりに、いわば途中下車して移住することは、Uには至らないという意味を文字の形に引っかけて、Jターンと名づけられている。

毎日新聞の記事は心中の動機については触れていなかったが、翌日の日刊スポーツに載った記事には、こんな見出しがついている。

〈脱サラの夢破れ…飛び降り心中〉

同紙によると、森山さんはIターンした先の安塚町で一九九九年末からシイタケ栽培に取り組んでいたものの、収穫量が予定より少なく、資金繰りにも困った様子だったという。

もちろん、それが一家心中に直接結びつくのかどうかはわからない。

だが、読み物作家の想像力は、森山さんが一度は捨てたはずの都会を自らの命を絶つ場所として選んだということに、資金繰りの問題を超えた、Iターンという選択そのものに対する絶望を嗅ぎ取ってしまう。

移住して一年ちょっとで破れてしまったIターンの夢とは、いったいどんなものだったのか。

自殺の原因を探るよりも、むしろ彼が抱いていた夢のかたちを知りたい。そして、その夢と現実との距離を測ってみたい。

＊

寄り道を始める前に、ぼく自身の話を少しだけ――。

森山さんより二歳年下のぼくもまた、田舎暮らしを考えていた時期があった。一九九〇年夏、二十七歳の頃だ。

バブル景気には徐々に翳りが出ていたものの、地価はあいかわらず高騰し、ぼくたちの世代がまともに働いて都心に家を持つことは無理だろうと言われていた。一九八七年公布のリゾート法の影響もあって、田舎暮らしというライフスタイルが注目されつつあった時期でもある。

「高原のログハウスで仕事をしてみるか」という気になったぼくは、さっそく資料を集め、候補の分譲地をいくつか選んで、実際に山梨県のある村に下見にまで出かけたのだが……現地に着いて造成前の雑木林を見たとたん、「こりゃダメだ」となった。

物件が悪いのではない。それはひとえに、ぼくの覚悟のなさによる。自然以外になにもない暮らしを現地に来て初めてリアルに想像したおっちょこちょいの読み物作家は、「ここじゃ煙草を買うのも一苦労だぞ」と急に怖じ気づいてしまい、田舎暮らしの夢は「ゆ」の字を書き起こす間もなく消えうせてしまったのである。

しかし、ぼくの浅薄な夢と間抜けな挫折は決して特殊な例ではないはずだ。

バブル期の地価高騰とバブル崩壊後の不況や雇用不安、環境意識の高まりや、さらには〝癒し〟の時代……夢とまではいかなくとも、ひとが田舎暮らしに関心を持つための要素は、この十年間で一気に出揃ったのではないか。

新聞のデータベースを検索してみると、たとえば朝日新聞で「Iターン」の言葉が初めて登場するのは一九九〇年五月二十四日、「田舎暮らし」は一九八八年十二月二十二日である。

また、一九八七年に季刊としてスタートした雑誌「田舎暮らしの本」が月刊化した一九九二年には、田舎での再就職情報を掲載した「UターンIターン　ビーイング」も創刊されている。

マスメディアだけが盛り上がっているブームではない証左に、農林水産省のまとめでは、〝ターン〟などによる新規就農者は一九九〇年度が一万三千二百人で、一九九六年度は三万五千四百人。六年間で二・七倍になっているのだ。

さらに国土庁が一九九七年に発表した『過疎白書』を見てみよう。新過疎法で指定された全国千二百八自治体で一九九五年におこなった国勢調査の結果と、五年前の数字との比較である。過疎といえば若年層の流出。事実、十五〜十九歳人口は五年間で二一・九パーセント減、二十〜二十四歳人口は三四・九パーセント減となっているのだが、二十五〜二十九歳人口は〝ターン〟の伸びに伴って一〇パーセント近い増加を記録しているのである。

いや、〝ターン〟の主役は若い世代だけではない。一九九七年に農山漁村文化協会が出版した『定年帰農』は、発売後わずか一ヵ月で六万部を完売。農林水産省も翌年四月、〝ターン〟組や帰農者に研修費用や開業資金を無利子で貸し付ける就業支援資金制度の対象を、従来の四十歳未満から六十五歳未満へと引き上げた……。

つまり、実際に〝ターン〟に踏みきった森山さんは、一昔前の（ドラマ『北の国から』の五郎のような）〝変わり者〟ではなく、いまや、ぼくたちの紛うかたなき隣人なのである。

森山さんの悲劇とそれに至る絶望は、だから、「たまには田舎でのんびりしたいなあ」とぼやきながら都会暮らしをつづけるぼくたちの日常と背中合わせなのかもしれない。

そんな思いを胸に安塚町への寄り道の準備を進めていたら、思いがけない資料が手に入った。

一九九九年九月に刊行された『自然と暮らす田舎住まい』というムックに、森山さんのことが紹介されているのだ。

〝過疎の町の未来を担う新世代〟の一人として——。

＊

取材当時、安塚町でシイタケ栽培の研修中だった森山さんは、Iターンの動機をこんなふうに語っている。

〈生まれた時から都会のまん中で、遊びといえばパチンコ・競馬。ゴミゴミしてるのもいやだった〉

都心のオフィス街に店をかまえるあんみつ屋の長男だった森山さんは、店の跡継ぎの座をなげうって東京を離れた。安塚町のホームページでシイタケ栽培のことを知る以前は、北海道で牧場を経営することも夢見ていたが、資金の問題で断念したらしい。

移住は、一九九九年一月。前年の秋には安塚町を二回訪ねて、現地の様子を下見している。奥さんや息子さんの反応も上々だったようだ。

〈妻は自分より気に入っていたし、息子も虫がいておもしろいなんて喜んでました〉

市川市で暮らしながら移住の準備を進めている間も、安塚町役場の担当者や一年前に移住していたAさん（四十三歳）とEメールのやりとりをして、新生活の疑問や不安を解消していたのだという。

Iターン志望者へ先輩として一言、という問いには、こう答えている。

〈ふとした瞬間、田舎で暮らせて良かったと思える人に来てほしい。山の雪が解けてきたな、ウドが生えてきたな、というちょっとした自然の変化を楽しめる人なら〉

話としてはきれいにまとまっている。しかし——なにか、物足りなさを感じてしまう。

「これでいいのかな」と他人事ながら思ってしまう。まとまりがよすぎて、逆に肝心なことを素通りされてしまったような気がする。

一家心中という結果から逆算するわけではないのだが、森山さんのコメントからは「都会を離れて田舎暮らしをしたい」という〝夢〟は伝わってくるものの、「安塚町でシイタケ栽培をする」という〝現実〟があまり見えてこないのだ。

たとえば、前出のAさんが隣のページで語る安塚町へのIターンの理由は、以下のとおり。

〈農業やるなら、農業法人で仕事を覚えてから独立するのが一番確かだと思っていたんです〉

〈収益性で確信が持てる菌床椎茸に将来性を感じて、まあ、結果的には作目から安塚町を選んだということになりますね〉

ここには、はっきりと現実的な選択が見えている。愛知県でサラリーマンをしていたAさんにとってのIターンは、あくまでも「田舎で生計を立てる」ということだ。

それに対して森山さんは「都会からの脱出」のレベルにとどまっている、とまで言いきってしまうと、亡くなったひとに対してあまりにも酷だろうか……。

もちろん、編集部が取捨選択してまとめたコメントからすべてを推し量るのは危険だし、不遜ですらある。

予断を持たずに、安塚町を訪ねてみたいと思う。

ただひとつ、記事の中にあった、あまりにも印象深いフレーズだけは胸の奥に留め置いて。

Iターン志望者へのメッセージとして、森山さんはこんなことも言っていたのだ。

〈厳しいです〉

2

安塚町の最寄り駅・虫川大杉駅は、上越新幹線で越後湯沢まで行き、ほくほく線各駅停車に乗り換えて約一時間――東京発七時四十八分の「あさひ307号」に乗れば、乗り換えの待ち時間を含めて三時間ほどの行程である。

しかし、六日町、十日町といった日本有数の豪雪地帯を経由するだけあって、風景の変化は所要時間のスケールを超えている。四月の初旬。東京では桜が満開を迎えていたが、湯沢の山並みには雪が残り、十日町あたりは道路以外は真っ白である。

三年前に開通したばかりのほくほく線の電車は、単線のすれ違いのために八分停車、十二分停車、とのんびりしたペースで、トンネルの多い区間を抜けていく。

「このあたりは、雪が七、八メートルは積もりますよ」

電車の車掌も兼ねる運転士がそう教えてくれたのは、虫川大杉駅の二つ手前のまつだい駅で停車しているときだった。冬場の列車は、雪の壁の中を走るようなものだという。

森山さん一家が安塚町に移住してきたのは真冬である。都会の暮らしでは想像もつかない豪雪を目の当たりにして、森山さんは、そして奥さんや息子さんは、なにを思ったのだろう……。

長いトンネルを抜けて虫川大杉駅に着いたのは、午前十時四十三分。トンネルをくぐってきた山が気候の境界線になっていたかのように、ここには雪はない。ただし、駅前のにぎわいも、ない。駅舎の向かい側には、だだっ広い芝生の広場があるだけだ。足元にはフキノトウ、空を見上げればヒバリ、町の中心部に向かうバスは三十分たたないとやってこない。タクシーを電話で呼ぶと、「五十分ぐらいかかりますよ」。

ぼくは駅前広場のベンチに座って、安塚町にかんする資料を読み返した。

以下、ごく足早にまとめておこう。

新潟県東頸城郡安塚町は、新潟県南西部に位置し、南側が長野県に接している。新潟市から百三十キロ、上越市からは二十キロ。上杉謙信の時代は三国街道の要衝として栄え、明治以降も東頸城郡の中心地としてにぎわったものの、高度成長期以降は過疎化の一途をたどっている。一九五五年の時点では一万二千人だった人口も、一九九〇年の国勢調査では四千六百九十一人、現在は「三千九百人ぐらいだと思いますよ」(地元のタクシー運転手)。

もっとも、町おこしには熱心で、日本で初めて雪を商品化した『雪の宅配便』を手がけたり、スキー場『キューピッドバレイ』を第三セクターで経営したり、さらにはスキー場に隣接して『ゆきだるま温泉』もオープン……。

一九九六年から始まったシイタケ栽培の新規就農者募集も、そんなふるさと活性化の一環だった。「二〇〇二年までに十～十五家族のシイタケ栽培従事者を募集する計画」(同町役場・

まちづくり振興課）の、森山さん一家は三組目のIターンだったのである。

＊

駅からタクシーで数分も走れば、安塚町の中心地に着く。土木関係の会社の事務所や駐車場が目立つ。除雪機の倉庫も。田中角栄を想起するまでもなく、なるほど雪と土木工事を抜きにしては雪国の暮らしは語れないのだと思い知らされる。

最初に訪れたのは、広さ五十八坪のハウス二棟でシイタケを栽培するBさんの作業所。先にIターンした三十代の息子一家を追って定年退職後に夫婦で安塚町に移住してきたBさんは、シイタケIターンの第一期生である。

ハウスに案内され、足を踏み入れた瞬間、ぼくのメガネは真っ白に曇ってしまった。むせ返るような蒸し暑さだ。いや、それはたんに湿度や室温の数字で測れるものではない。シイタケの生命力というか繁殖のパワーというか、重くじっとりとした霧のようなものが全身にまとわりついてくるような気がする。

ハウス内部の様子は、狭い店内にぎっしり本を並べた古書店を思い浮かべていただきたい。何段もの棚が、大人が腰をかがめて作業するのがやっとの間隔で、ハウスを埋め尽くしている。棚にはシイタケの生えるホダが、これもほとんど隙間なく並んでいる。

安塚町で栽培しているシイタケは、原木からつくるのではなく、オガクズを固めてつくった人工ホダに菌を植え付ける菌床栽培である。原木栽培ではシイタケの量や質にばらつきが生じるが、菌床栽培は温度管理のできるハウス栽培なので、量や質が安定し、通年栽培が可能になる。農業経験のないIターン組にとっては、比較的取り組みやすい作目といえる。

ただし、通年栽培ということは、収穫も通年。

「一日に朝夕の二回、収穫しないといけないんです」

Bさんは苦笑交じりに言う。

「収穫と収穫の間の空き時間は、直江津まで昼食をとりに出かけたりと暇なんですが、夕方にはハウスに帰ってこないといけませんから」

ハウス一棟につき、収穫は一日で百キロ。『謙信しいたけ』のブランドで市場に出荷されるのだが、シイタケ一株の重さを考えると、一日百キロの収穫をこなすには、人工ホダからシイタケをむしり取る作業を、いったい何百回、何千回繰り返さなければならないのだろうか……。

「それに作業所での選別や出荷が加わりますから、毎日毎日、働きづめですよ。いまは週に一日は休みがとれるよう、パートタイムで働くひとの手配を進めているんですが」

Bさんはそこで言葉を切って、森山さん一家のことを沈痛な面もちで振り返った。

じつは、森山さんはマンションから飛び降りる前——夜八時頃、Bさんに電話をかけているのだ。

「東京に泊まるのなら明日の朝のシイタケの収穫はできませんから、『代わりに収穫しておこうか？』と訊いたんですが、そのときは『帰るから』とおっしゃっていたんですよ……」

森山さん一家も、夫婦で一日百キロの収穫作業に追われていた。収穫の多い時期には、夜明け前からハウスに入ることもあった、という。

＊

森山さんのハウスは、Bさんのハウスからさらに奥まったところ。小高い丘というより、山のふもとといったほうが正確だろうか。安塚町の中心部をほぼ一望できる立地である。

ここには森山さん以外に、前出のAさんと、一九九九年三月に移住したCさん（三十四歳）がハウスをかまえている。

森山さんは、その真ん中の区画だ。当然誰もいないだろうとプレハブ平屋建ての作業所をなにげなく覗いてみたら、中では女性二人と初老の男性一人がシイタケの選別作業をしているところだった。

怪訝に思いながら声をかけると、男性――Dさんが出てきてくれた。

町会議員を務め、地区の生産者組合の組合長でもあるDさんは、安塚町で最初に菌床シイタケを取り入れたひとだ。森山さんらIターン組の指導者であり、また相談相手でもあったDさんは、森山さん一家の悲劇に最も強いショックを受けた一人である。

ぼくが安塚町を訪れた前日、Dさんは森山さんの父親と話し合って、主のいなくなったハウスの収穫を引き受けることになったのだという。

育てるひとがいなくなってもシイタケは日々生長し、次から次へと生えてくる。そんなあたりまえのことが、いや、あたりまえのことだからこそいっそう、森山さんの死の悲しさとむなしさをかきたてる。

事業としてのシイタケ栽培の現状を尋ねると、Dさんは「楽な商売ではありませんね」と率直に答えてくれた。

「年間の総売り上げは千六百万円ぐらいですが、その中から半分は次の年のホダを買う資金に回さないといけないし、ハウスの維持費や必要経費で四百万円はかかる。さらに森山くんの場合は借り入れ金の返済もあって、それが年間百五十万円ほどだった」

つまり、一家の生活費として遣えるのは二百五十万円、月に均せば二十万円そこそこ、という計算なのだ。

Dさんは「雪の時期は除雪作業のアルバイトで日給八千円ぐらい貰ってたんじゃないかな」と付け加えたが、それにしても、三十九歳の夫と三十五歳の妻が休日もなく働く報酬として考えると……。

Dさんはつづけて言った。

「シイタケの相場も落ちてるんです」

安塚町が新規就農者の募集を始めた一九九六年には一キロあたり千百円だったものが、八百円程度に落ちている。特に毎年二〜三月は底値の時期なのだという。その時期に森山さんが死を選んだのは、偶然にすぎないのだろうか。

「森山くんはハウスにダニが発生していたことを気にしていました。私は『心配いらないから』と励ましたんですが、本人はきちょうめんな性格だったし、一年目なので経験がないんですよ。それまで比較的うまくいっていただけに、かなり心配していましたね。あと、奥さんも都会的なイメージのひとで、どうも乗り気じゃなかったみたいですね」

森山さんの入れたホダは五月頃まで収穫がつづく。九月にハウスに入れる新ホダは、従来のものより収穫量三割アップを見込める種類のものに切り替えるのだという。

「だから、そこまでがんばっていれば楽になれたはずなんですが……」

Dさんは悔しそうに、寂しそうに、繰り返すのだった。

＊

Cさんの奥さん(三十歳)によると、やはり森山さん一家——特に奥さんは疲れがたまっている様子だったらしい。

「『だいじょうぶですか?』と声をかけたこともありました。二月から四月までは特に収穫が多い時期ですし、のんびりする暇がありませんから」

一方、「この週末でスキー場も終わりですから」と夕方の収穫までの短い時間に三人の息子たちを連れて『キューピッドバレイ』スキー場へ出かけたAさんには、スキー場のロッジで話をうかがうことができた。

「ウチもサラリーマン時代に比べて収入は半分から三分の一になりました。サラリーマンの頃は女房は専業主婦でしたから、それを思うと実質的な収入はもっと減ってますよね」

森山さんの件については多くを語らないAさんだったが、一般論としてなにげなく口にしたこの言葉は、森山さんのことにもつながらないだろうか。

「やっぱり、三年間の生活費は自己資金として準備してからIターンしたほうがいいでしょうね」

また、「人工的に管理されたハウスは〝農場〟ではなく〝工場〟を連想しました」とぼくがぶしつけな感想を口にしたら、Aさんは苦笑交じりにうなずいて、こう言った。

「職業は農業ですが、職種は工場の生産管理ですよね」

それでも、安塚町で丸二年を過ごしたぶん、Aさんの表情には余裕が感じられる。

「スキー場までは車で二十分ほどですし、海水浴にも三十分ほどで行けるんです」と、まずは遊びの楽しさを口にしたうえで、事業の今後の展開についても——。

「いまはシイタケのハウスを二棟持っていますが、いずれは他の作物にも挑戦していきたいですね」

＊

森山さんの悲劇の理由を個人の性格や適性、家族関係、経済状況といったものに還元することは、もちろん可能だし有効だろうが、そこに話が行き着いてしまう前に、最後に訪れた森山さんの自宅の様子だけ報告しておこう。

町の斡旋で森山さんが家賃一万二千円で借りていた町営住宅は、川沿いの鉄筋コンクリート五階建てだった。エレベータのない、いわゆる団地——それも一昔前の団地の建物である。

森山さんの部屋は一階。雪解けで増水した川は濁流となって、怖いほどの轟音をたてて流れている。

その建物と向き合ったとき、ぼくは田舎暮らしの現実を初めて垣間見たような気がしたのだ。

広大な草原に、あるいは緑深い森林にたたずむログハウスや古民家——という雑誌グラビアでおなじみの風景と、いま目の前にある風景とは、あまりにも違いすぎる。

それは、抜けるような青空の下で汗を流すグラビアの中の家族の姿と、高温多湿のハウスの中で来る日も来る日もシイタケを収穫する家族の姿とのギャップにも重なり合うだろう。

Iターンの第一志望が北海道での牧場経営だった森山さんにとって、この町営住宅で過ごした日々は、ハウスや作業所で過ごした日々は、はたして夢と現実との折り合いをつけられる範疇におさまっていたのだろうか。

町営住宅の狭いベランダには、サッカーボールが転がっていた。

深い雪に閉ざされる長い長い冬、おそらく森山さんが息子さんとサッカーに興じられた日は、そう多くはなかったはずである。

3

帰京して書籍のデータベースを探ってみると、なるほど、森山さんの悲劇はひとり森山さんだけのものではないことが察せられた。

たとえばタイトルに「Uターン」を含む本を検索してみると、こんな書名が目につく。

『これが決め手だ! Uターン就職成功術』『就職活動Uターン就職のしかた・成功術』『Uターン就職・転職の完全成功法』

また、「田舎」「田舎暮らし」で検索してみると――。

『田舎で仕事　失敗しない選び方』『失敗しない田舎暮らし入門』『成功する田舎暮らし入門』

ここまで「失敗しない」「成功」が謳われるというのは、現実にはそれだけ「成功しない」「失敗」が数多いということの裏返しでもあるだろう。

UJIターンほど定着してはいないが、最近はOターンという言葉も生まれている。グルッと回って元に戻る、すなわち一度は田舎に移り住んだものの再び都会に戻ってしまうひとたちのことである。

森山さん一家は、一夜限りのOターンをしたということになるだろうか。

自殺現場はJR京葉線新浦安駅から徒歩五分たらずの、高層・中層・低層とバラエティに富んだマンションが建ち並ぶ、いかにも近未来的なたたずまいのニュータウンである。

一家は区域の中で最も階数の高い棟を選び、その最上階の非常階段から飛び降りた。金策がうまくいかなかったすえの決断なのか、もはや安塚町から都会へは帰れないのだと思い知らされたからこその絶望だったのか。動機も、なぜこの場所を選んだのかについても、警察はなにも発表していないし、遺族も固く口を閉ざしているので、もはや調べる手だてはない。

だが——奇妙なことを、一つ見つけた。

非常階段は、エレベータを降りてすぐのところにもあったのだ。エレベータから現場までは約四十メートルもの距離がある。エレベータのそばの非常階段も高さは変わらないし、乗り越える塀の高さも約一メートル二十センチで、ほぼ同じ。森山さんは、わざわざ長い距離を歩いて、死出の旅へ向かったのだ。

エレベータそばの非常階段の下は舗装された駐車場で、廊下の端の非常階段の下は土だった。自らと家族の肉体を投げだす最期の場を土にしたことは、土を愛して始めたはずの田舎暮らしへのせめてものケジメのつけ方だったのか。いや、それこそが、一年余りの短すぎる田舎暮らしの日々への絶望の証だったのだろうか。

高さ六十センチの脚立を抱えた森山さんは、きっと奥さんとともに息子さんの手をひいて、四十メートルの廊下を歩いていった。

JR京葉線に面したこの棟の廊下からは東京湾が見える。

田舎暮らしでは望むべくもない夜景を眼下に収めて飛び降りた森山さんは、息子さんが一命をとりとめたことを知らない。

内臓が破裂しながらも命の灯をつないだ、その自然の力、生命の強さを信じ、憧れたからこそ、森山さんは都会を捨てたのではなかったのか……。

＊

二〇〇〇年五月十三日、東京・池袋のサンシャインシティでは、全国農業会議所が主催し、農林水産省が後援する新規就農相談会『ニューファーマーズフェア２０００』が開かれた。

三十五の農園や牧場、四十二の自治体がブースを設けて、〝ターン〟を希望するひとびとの相談を受け付ける、いわば移動相談会である。

会場には若い家族連れの姿も多い。土曜日ということもあってカジュアルないでたちのひとがほとんどで、ワークシャツやフリースパーカに身を包んだお父さんたちは、ブースを軽やかな足取りで渡り歩く。

一九九七年から東京と大阪ではじめたこの相談会、初年度の東京会場の来場者は四百七十人だったが、昨年は八百四十三人に達した。移動相談会以外の相談件数も、全国新規就農ガイドセンターと都道府県新規就農ガイドセンターを合わせた数字は驚異的な伸びを見せている。一九八七年度の相談件数は九百九十四。一九九五年度が三千四百四十七。そして一九九八年度は九千三百四十四。

森山さん一家の悲劇を呑み込みながら、〝ダーン〟志向の高まりはとどめようがない。一九九九年の年平均の完全失業率は、一九五三年の調査開始以来最悪の四・七パーセントを記録した。貴重な売り手市場の新規就農は、今後もますます増えていくだろう。

一九九七年三月に全国新規就農ガイドセンターが発表した『新規就農者の就農実態に関するアンケート』の結果だけ、書いておこう。

就農時に用意した自己資金は平均八百万円プラス生活費四百万円。それに対し、実際にかかった経費は平均千六百万円。「農業所得で生活できるか」の問いにNOと回答したひとは五二・四パーセント。不足分は他の事業でまかなったり、貯金を取り崩したり、借金をしたり……。

『ニューファーマーズフェア２０００』の会場には、各自治体や学校のパンフレットが用意されていた。

〈夢、実現のお手伝い！・新潟県〉〈あなたといっしょにSTEP UP・岐阜県〉〈自然い

きいき　はつらつ農業・山梨県〉〈チャンスはご用意しました。あなたの夢を咲かせませんか。・福島県〉〈豊かな青森の大地であなたも夢にチャレンジ！・青森県〉〈農業ランド北海道・北海道〉〈最新技術で各種苗がぐんぐん育つ・徳島県〉〈私の上司は大自然です。・就農準備校〉……。

どのパンフレットにも、青空と大地が広がっているのだった。

寂しからずや、「君」なき君

1

〈殺してやりたい〉

少年は世間に対する呪詛の言葉を浴室で吐き捨てる。

〈機関銃でどいつもこいつも、みな殺しにしてやりたい〉

しかし、少年は機関銃を持っているわけではない。彼の手の中にあるものは、マスターベーションを終えて萎えた性器だけだ。

少年は、その日、満十七歳の誕生日を迎えた。

〈おれは十七歳だ、みじめな悲しいセヴンティーンだ。誕生日おめでとう、誕生日おめでとう、股倉をいじりまわしてあれをやりたまえ〉

——大江健三郎が一九六一年一月に発表した短編小説『セヴンティーン』である。

作品執筆のきっかけとなったとされるのは、前年十月に起きた社会党浅沼委員長刺殺事件。現行犯で逮捕された後、収監された少年鑑別所で自殺した犯人は、十七歳の少年だった。

＊

十七歳は危険な年齢、らしい。

二〇〇〇年五月一日、愛知県豊川市で十七歳の少年が「人を殺す体験をしてみたかった」という理由で主婦を殺害。五月三日、佐賀県在住の十七歳の少年がバスを乗っ取り、乗客一人を殺害。五月十二日には横浜市に住む十七歳の少年がJRの車内で乗客をハンマーで襲い、十四日には茨城県北茨城市内で十七歳の少女二人による知人女性の監禁・耳たぶ切断事件が発覚している。六月二十一日には、岡山県長船町でも十七歳の少年が後輩四人を金属バットで襲い、母親を殺害して、逃走のすえ逮捕。

年齢に前後一年の幅を持たせれば、四月二十八日、広島県の高校で授業中に教師を包丁で刺して殺人未遂で逮捕された男子生徒は十六歳だったし、五月十三日に埼玉県入間市で被害者の遺体が発見されたリンチ殺人事件は、容疑者四人のうち三人が十六歳。四月下旬に明るみに出た名古屋市の中学生五千万円恐喝事件の主犯格の少年もまた、十六歳である。

さらに四月二十八日には、十六〜十八歳のグループに恐喝されていた福岡県太宰府市に住む十六歳の少年が自殺し、五月十五日には叱られた腹いせにアルバイト先の上司宅に放火した十八歳の少年が逮捕……。

主婦刺殺事件とバスジャック事件を頂点に、二〇〇〇年の初夏は〈十七歳〉を象徴とする少年による凶悪犯罪が相次いだ。

メディアもこぞって危機感を煽りたてる。

雑誌の特集や記事のタイトル、あるいは惹句を列挙してみようか。

〈17歳「大人」への宣戦布告!〉(「サンデー毎日」)

〈17歳の独白　ボクらは疲れてる〉〈17歳の親30人が語る「不安」〉(「AERA」)

〈総力特集　まじめで勉強できる子が危ない〉(「週刊朝日」)

〈総力取材!　17歳少年たち「残忍殺人」の異常背景〉(「FLASH」)

〈総力特集　恐るべき17歳〉〈深層特集　少年犯罪という煉獄〉(「週刊文春」)

〈17歳、偏差値70の「凶刃」〉〈緊急ワイド　わが子の脳が破壊されていく〉(「週刊宝石」)

〈緊急総力取材――少年少女「狂気の連鎖」〉〈緊急解剖「17歳少年の凶走」〉(「週刊ポスト」)

〈17歳の凶悪殺人犯二人「留置場の素顔」〉(「週刊現代」)

〈緊急新連載「凶悪少年」を許すな!〉(「アサヒ芸能」)

〈総力スクープ特集　殺人で癒される17歳〉(「FRIDAY」)

〈徹底検証「顔の無い殺人犯」17才少年狂気の闇〉(「女性セブン」)

〈緊急100人アンケート　17歳白書〉〈緊急特集!　血塗られた17歳の地図〝優等生顔〟の殺人者たち!〉(「女性自身」)

〈スーパーワイド「私の17歳」〉〈17歳の狂気　テレビ・新聞が報じない秀才少年の心の闇と戦慄の密室〉(「週刊女性」)


これでもか、と言わんばかりの熱気である。どの雑誌も〈総力〉を挙げて〈緊急〉に、〈凶〉と〈狂〉が噴き出す少年少女の心の〈闇〉を探ろうとしている。〝十七歳警報〟が発令されたようなものだ。

しかし、十七歳という年齢は、いま初めて危険なものになったのだろうか。

我が家の書棚から、一冊の本を抜き取ってみる。青春文学の古典的作品、サリンジャー『ライ麦畑でつかまえて』である。

帯の惹句には、こうある。

《純潔を愛する子供の感覚と社会生活を営むおとなの工夫との衝突をテーマに《危険な年令》の内面を描いて若い世代の共感を呼んだベストセラー〉

主人公ホールデンの年齢は、まさしく十七歳だった。そして、ぼくが持っている同書は、一九八三年七月十五日に発行された第二十一刷のもの。

一九八三年は、奇しくも、二〇〇〇年に十七歳の日々を過ごしている少年や少女が生まれた年である。

だから。

過熱する〝十七歳警報〟にうんざりしているはずの十七歳クン、そんなに嘆かなくてもいい、きみが生まれたときから（そして、そのずっと以前から）十七歳という年齢は危険なものだと相場が決まっていたんだから……。

＊

では、十七歳は、どこがどんなふうに危険なのか。

同年齢の数人が凶悪事件を起こしたから危険なのだ——と短絡させることなく、親子関係にもあえて触れずに、十七歳像について考えてみたい。

寄り道は、今回、書架の棚から棚への移動になる。

もとより、ぼくは十七歳を描いた小説を読み尽くしているわけではない。しかし、我が家にある小説の、あてずっぽう同然に開いた数冊からだけでも、十七歳もしくは十八歳をめぐる物語の大きな特徴が浮かび上がってきたのだった。

十七歳とは、童貞の年齢である。マスターベーションの年齢である。

そんなふうに措定してみようか。

冒頭に掲げた大江健三郎『セヴンティーン』の主人公〈おれ〉は、十七歳の誕生日に二度マスターベーションをする。

〈ああ、生きているあいだいつもオルガスムだったらどんなに幸福だろう、ああ、ああ、あ、いつもいつもオルガスムだったら、ああ、ああ、あああ、おれは射精し股倉を濡らし、みじめな哀しいセヴンティーンの誕生日をうんうん喘ぎながらふたたび、暗闇の物置のなかに見出して無気力にさめざめと泣きむせびはじめた〉

また、村上龍『69』には、こうある。

〈一九六九年、僕達は十七歳だった。そして童貞だった。十七歳で童貞ということは、別に誇るべきことでも恥ずべきことでもないが、重要なことである〉（本文中では「童貞」が大きな活

字で記されている）

一九六四年に満十七歳の誕生日を迎えたアメリカのコラムニスト、ボブ・グリーンが当時の日記をまとめた『十七歳　1964春』の中でも、〈僕〉と友人のダンは、ナンパに失敗した帰り道に愚痴り合う。

〈コロンバスに向かうグレイハウンドのバスのなかで、僕はダンにいった。「キャロルみたいな子と話をするのはあんなに簡単なことなのに、どうして、いっしょに寝たいと思うような女の子とはうまく話ができないんだろうな」／「そう、問題はそれなんだよ」とダンがいった。「あんなにいかしてるキャロルの前でも、全然平気なのに、あのユークリッド・ビーチで会った女の子たちの前に出ると、急に自分が間が抜けてるような気がしてくるんだよな」／「なんかこう、こっちが寝たいってことが相手にわかっちゃうと、力がみんなむこうに吸いとられちゃうような感じがするんだよな」〉

だから、〈僕〉は悶々とした思いを胸につぶやくのである。――〈それにしても〝やる〟っていうのはむずかしいもんだな〉。

似たような思いは、こちらは十八歳だが、庄司薫『赤頭巾ちゃん気をつけて』の薫クンも抱いている。

〈特にひどかったのは去年の暮にやった乱痴気パーティで、この時は十何人来た女の子のうち、一人を除いてみんな酔っ払ってあちこち脱いじゃってえらい騒ぎだったんだけれど、ぼくはどういうわけか全然タタないで、その一人だけ脱がないジャズ歌手の卵の女の子とずっとアストラッド・ジルベルトの話やなんかをしていたものだ〉〈結局ぼくは、毎日痴漢・強姦魔・色情狂スレスレの、それこそあとは積分だけといった存在でありながら、実際には「女の子をモノにする」チャンスを逃しっぱなしにして、時々幼な友達と手をつなぐのが精一杯といった生活を送っているわけなんだ〉

さらにまた、さきに引いた『ライ麦畑でつかまえて』のホールデンも、〈実を言うと、僕はまだ童貞なんだよ〉と読者に告白している。〈ほんとなんだ、童貞やなんかを失いそうな機会はずいぶんあったけど、でもまだそこまでは行ってないんだ〉

ここまで符合してしまうと、やはり「十七歳とは童貞を最も意識する年齢である」「十七歳とはマスターベーションとセックスの狭間の年齢である」と言うしかないではないか。

2

もちろん、いま紹介してきたのは一九五〇年代や六〇年代の少年たちの話で、いまどきの十七歳や十八歳にとっての初体験の壁は、もっと容易にクリアしうるものではあるだろう。それは認めたうえで、しかし、童貞であることとマスターベーションを知っていること、すなわち〝性交可能なのに性交できない〟状態は、いまの十七歳にもあてはまるような気がしてならない。とりわけ、週刊誌が言う〈まじめで勉強できる子〉や〈優等生顔〉をした少年や、〈秀才少年〉においては――。

二昔前の学園ドラマやマンガに描かれた優等生像は、性を、つまりエロスを封印することで成立していた。いちいち例を挙げる紙幅はないが、たとえば「もうすぐ受験だから女の子なんかと付き合っている暇はない」という台詞や、男女でワイワイやっている教室のにぎわいをよそに参考書に読みふける場面など、いくらでも思い出せるはずだ。そして、異性への関心を抑圧する母親の存在も。

これが少女の場合なら、救いがある。一九七〇年代の「りぼん」で活躍していた陸奥A子らの、いわゆる〝おとめちっく〟少女マンガは、まじめで引っ込み思案な、「わたしなんてどうせ……」とエロスを自ら封印した少女たちに、いつか訪れるかもしれない王子様の夢を見させてくれた。牛乳瓶の底のように度の強い眼鏡をはずしたら思いがけない美少女だった、というふうに、彼女たちのエロスを発見してもらえるのである。

現実にそんな幸福がもたらされるかどうかはともかく、いや、現実にはほとんどないからこそ、優等生の少女にはヒロインになるチャンスがある。自分自身を変えることをしなくても、「このままの君がいちばん素敵なんだ、いままではそれに気づいてくれるひとがいなかっただけなんだ」という物語がちゃんと用意されているのだ（そんな受け身の姿勢に物足りなさを覚えたマンガ家や読者は、八〇年代以降、自ら変わっていく＝闘うヒロイン像を積極的につくりあげるのだが)。

一方、優等生の少年は、徹頭徹尾、ヒーローから遠く離れた存在として描かれつづけてきた。ヒーローの座を獲得するには、彼は優等生であることを捨てなければならない。勉強のスポイルか、母親への反抗か、あるいは不良グループに入れてもらうか……。

ぼくたちは一人の優等生の悲劇を知っている。

梶原一騎原作・ながやす巧画『愛と誠』の、岩清水弘である。

眼鏡に七三分けの髪型という典型的な優等生の岩清水は、ヒロイン早乙女愛への思慕が高じて、名門校から不良の巣窟の高校に転校までして彼女を追いかけ、青春マンガ史上に残る名台詞をのこす。

「僕は、君のためなら死ねる!」

だが、そこまでの情熱むなしく、岩清水の愛はついに実らない。早乙女愛は、物語の最後まで、不良の大賀誠に思いを寄せたままなのだ。

補足しておくが、岩清水は、線は細くともかなりの二枚目として描かれている。秀才ではあってもマザコンめいたガリ勉の眼鏡クンではないし、横恋慕のあまり大賀誠を罠にはめるような卑劣な男でもない。〝おとめちっく〟少女マンガでなら、十二分にヒロインの憧れのひとになりうる少年である。それでも、彼は大賀誠には勝てなかった。優等生の魅力が、不良のそれを凌ぐことはなかったのだ。

ここで、もう一編の十七歳の物語をひもといてみよう。

一九九三年に刊行された、山田詠美『ぼくは勉強ができない』。

主人公の時田秀美は題名からも明らかなとおり優等生ではないが、しかし同級生に対して決定的なアドバンテージを持っている。

〈ぼくは、とうに、女と寝る経験をすませている〉

いままで見てきた十七歳の物語の童貞少年たちの煩悶を一蹴してしまうような独白は、しかも物語が始まって間もない時点で示される。童貞喪失は物語の主題ですらないのである。

〈どんなに成績が良くて、りっぱなことを言えるような人物でも、その人が変な顔で女にもてなかったらずい分と虚しいような気がする。女にもてないという事実の前には、どんなごたいそうな台詞も色あせるように思うのだ〉

痛快である。文字どおり、快くて、痛い。この独白が女性作家の筆によるものだということも含めて……。

＊

現実に事件を起こした十七歳の少年たち――特に豊川市の主婦刺殺事件のAとバスジャック事件のBが童貞だったかどうかは、ぼくには知る由もないし、彼らの顔ももちろんわからない。

報道されたかぎりでは異性関係も明らかにされていないのだが、逆に言えば、ここまでメディアが〈総力〉を挙げて取材しても恋人やガールフレンドの存在が出てこないというのは、やはり彼らにはそういう異性関係がなかったのだと考えるほうが自然だろう。

十七歳。高校の学年でいえば、二年生か三年生である。ひるがえって少女を見てみると、ガングロ女子高生に、援助交際である。北茨城市の少女二人による監禁・耳たぶ切断事件の舞台が、主犯格の少女の男友達の自宅だったということを思いだしてもいい。

同年代の少女たちは、良くも悪くも、オンナである性を全身から発露している。言ってみれば、エロスの中で生きているわけだ。

ところが、少年は、優等生であればあるほど、少女のエロスから遠ざけられてしまう。本来ならば、大人も彼らと同じく少女のエロスからはじき出されているはずなのだが、大人は金の力でそれを我がものにすることができる。援助交際は言うまでもなく、コマーシャリズムやジャーナリズムも含めて、少女のエロスは社会によって消費される。

少年たちは、エロスの対象としての同世代の少女を社会に奪われてしまった。その意味では、「サンデー毎日」の〈「大人」への宣戦布告〉という惹句は、少年Aや少年Bの犯罪を超えた広がりを持つだろう。たとえばおやじ狩りも、エロスを享受する大人を痛めつけることで少女を奪還しようとしているのだ、とも言えるはずだ。

しかし——ここでも、優等生は行き場をなくしてしまう。優等生におやじ狩りはできない。彼らは、性だけでなく、暴力をも封じられている。

彼らにできるのは、ただ、胸の内に憎悪をたぎらせることだけ。「誰」と名指しできる相手ではない。それは社会かもしれないし、自分に優等生であることを強いつづけた学校教育かもしれないし、あるいは、決して自分にエロスを注いでくれないオンナたちかもしれない。

「週刊ポスト」によると、バスジャック事件の少年Bは、犯行当日の日付入りで、ノートにこんな文章を書き残していたという。

〈貴様らに楽しい連休などさせるものか!!／恐怖と絶望に埋めてやる!／楽しい旅行? デート? ふざけるな!!〉

十七歳の少年が〈デート〉という、どこか死語めいた牧歌的な言葉をつかったことに、彼の異性体験の乏しさと、エロスを享受しあう男女への憎悪とが嗅ぎ取れないだろうか。

文章は、さらにつづく。

〈京都で大根が切られ、沼津で淫売女が切られそして!! 豊川で老いぼれ女郎が切られ殺されたとか。すばらしい!! しかも僕と同じ17歳とか……? よい風潮だ。／40ケ所も女郎を刺した時の快感はどうだった!? 真面目に生きるよりはるかにいいだろう!?／(略)／65歳! こんな女郎殺してもしょうがないだろう? 20、21くらいの女郎、強姦した後、首を締めて殺す、理想的だ!〉

京都と沼津は、それぞれ〝てるくはのる〟事件と、四月に起きたストーカーによる女子高生刺殺事件を指しているのだろう。また、〈大根〉は、一九九七年の「酒鬼薔薇聖斗」事件の犯行声明文にあった〈汚い野菜共には死の制裁を〉の一節をふまえているのかもしれない。ちなみに、当時十四歳で事件を起こした「酒鬼薔薇聖斗」は、少年と同年齢という計算になる。

しかし、〈大根〉以上に少年の憎悪を露骨にあらわしているのは、〈淫売女〉と〈女郎〉の二語だろう。

これは、被害者の女性を貶《おとし》めるためだけの言葉ではないはずだ。エロスを社会に売り渡し、決して自分のほうを振り向いてくれない世のオンナたちすべてが、少年には〈淫売女〉であり〈女郎〉なのではないか。

少年Bは、豊川の事件の少年Aに対して、こんなメッセージも残している。

〈なんか運命的なものを君とは感じるよ。年も一緒、学校では優等生……〉

〈優等生〉という言葉は、たんにマスコミが惹句としてつけたものではない。少年B自身がはっきりと自覚し、少年Aとの間に見出した共通点、それこそが〈優等生〉なのである。

そしてぼくは、少年Bの手記の傍らに「酒鬼薔薇聖斗」の犯行声明文を置いて、思うのだ。

ヒーローになりえない〈優等生〉とは、「酒鬼薔薇聖斗」の自称する〈透明な存在〉ときわめて近いものなのではないか――と。

3

村上龍『69』の主人公・矢崎ケンは言う。

〈十七歳の僕はまだ清らかな童貞だった。しかし、やすやすと女を手に入れる十七歳もいた〉

その〈やすやすと女を手に入れる十七歳〉の一人であるはずの、山田詠美『ぼくは勉強ができない』の時田秀美は、自他ともに認める〈勉強出来ない人気者〉である。

一方、大江健三郎『セヴンティーン』にも印象的な人気者が登場する。新東宝という渾名の、〈頭の良いやつなのだが変り者で、またそれをつねに意識してふるまう男〉である。

新東宝は、学校の女子生徒全員の生理期間の表をつくり、荻野式の避妊法を応用して、安全日を女子生徒に教えてまわる。

〈あいつはそんな事をしても、女生徒から嫌われないし男生徒の人気者なのだ。もしおれが女生徒になにかしたら、翌日からおれは仲間はずれだろうし、学校に出てくる勇気さえ湧かないだろうに。なぜあいつだけ、なにもかも許されるのだろう? それにあいつは学年で唯一人の経験者ということにもなっていた〉

ここでの〈経験者〉がなにを意味するかは、あらためて書くまでもないだろう。

ということは、新東宝は、『ぼくは勉強ができない』の時田秀美と同じく、すでにマスターベーションの時期を過ぎているわけだ。しかし、両者は、勉強の成績については対照的である。秀美は〈勉強出来ない人気者〉だが、新東宝は〈頭の良いやつなのだが変り者〉で、そういえば『69』のケンも――。

〈僕は四つの理由で校内で有名だった。一つは一年の秋に行われた医大、医学部進学希望者対象の旺文社一斉模試で全国二万人中三百二十一番になったことがあるから〉

残り三つは、ロックバンドのドラマーであることと、新聞部で三度の発禁回収処分を受けたことと、アメリカの原子力空母寄港問題を扱った劇を上演しようとして教師につぶされたこと。

そういった経緯もあって、ケンは新東宝と同様〈変わり者だと思われていたのだ〉。

さらに『ぼくは勉強ができない』に立ち返れば、秀美は自分が周囲の人間とは違うことを、言い換えれば〈変わり者〉であることを自覚し、また誇りに思っている。

〈ぼくは、教師の言うところの複雑な家庭環境の中で育って来たから、他の人々と価値観が違うのだ〉

＊

ケン、秀美、新東宝――三人の少年は、それぞれ一致する部分と対照的な部分を持ちながら組み合わさっている。

それに対し『セヴンティーン』の主人公である〈おれ〉は、〈優等生の連中にむかつく〉と言う。しかし、彼は不良ではない。劣等感といっても、せいぜい〈おれはとても東大進学クラスに入れないだろう〉という程度である。〈おれは去年まであのグループだった、しかし今はそこに加わりに行く勇気がなかった。しかしおれは、彼らの会話を盗み聴くために耳の神経を集中させていたのだ〉。

そんな〈おれ〉の目に映る新東宝は（彼の知らないケンや秀美も含めて）、憧れでもあり、また嫉妬の対象でもあるだろう。

不良にはなれない優等生が目指すものは、〈変わり者〉の〈人気者〉しかない。自分が周囲とは違う個性を発揮し、その際だった個性ゆえに人気を集める存在になるというのは、優等生の自尊心や自意識をも十分に満足させてくれるだろう。

だが、優等生の立場を保ったまま、〈変わり者〉や〈人気者〉になるのは、そう簡単なことではない。他人と違った自分でありたい――その自意識だけを肥大させていったすえに、最も安易に〈変わり者〉になる道を選んだ優等生がいても不思議ではない。

すなわち、自分以外の人間から個性をはぎ取ってしまうこと。「誰」と名付けることさえ否定し、ひとびとを、社会を、徹底的に見下し、憎悪の対象とすること。あるいは、もっと冷静に、実験や体験のためのモルモットと見なすこと。そうすれば、自らの王国の中で、彼は唯一無二の絶対者になれるのだから。

「女性セブン」の記事は少年Aや少年Bを〈顔の無い殺人犯〉と呼んだ。これはもちろん少年法によって顔写真などが報道できないことから来たフレーズなのだが、〈顔の無い殺人犯〉の犯罪では、被害者すら顔を持っていないのかもしれない。

『セヴンティーン』の〈おれ〉は、十七歳の誕生日の夜、長さ三十センチほどの脇差で暗闇を突き刺しつづける。

〈いつかおれは敵をこの日本刀で刺殺するぞ、敵を、おれは男らしく刺殺するぞ、といつのまにかおれは考えていた。それは激しい確信にみちた予感をともなうような気がした。しかしおれの敵はどこにいるのだろう、(略)おれの敵はどこにいるのだ、殺してやるぞ、殺してやるぞ、えい、えい、やあっ!〉

〈敵〉の姿も見定められないまま脇差で暗闇を突き刺しつづける行為は、マスターベーションとも重なり合う。

豊川市の事件の少年Aは、「誰でもよかった」被害者の主婦を包丁で四十ヵ所も切りつけたという。その行為もまた(いや、「まだ」のほうがふさわしいだろうか)マスターベーションだった——と言うのは、読み物作家のこじつけがすぎるだろうか……。

＊

セックスとマスターベーションの違いはどこにあるのか。ごく乱暴に言ってしまえば、それは相手の有無である。〝他者〟と言い換えてもいい。

マスターベーションには〝他者〟は必要ない。オンナの裸体を妄想の中で思い描いていれば、それでいい。エロスは自己完結しているわけだ。

だが、セックスは違う。いわばエロスのコミュニケーションである。

マスターベーションからセックスへ――の構図を鮮明に描き出した小説には、五木寛之『青春の門　筑豊篇』がある。主人公・信介の初体験は高校三年生のとき。マスターベーションに耽溺する信介の姿を繰り返し描き出したうえで、作者は信介を幼な友だちの織江との初体験へと導いていく。

童貞の信介と処女の織江のセックスはぎごちない。体も心もぎくしゃくして、言葉のやり取りもストレートには進まない。だが、その齟齬《そご》こそが〝他者〟とのコミュニケーションなのだ。

だからこそ、童貞を喪失したあと、信介はこんなふうに思う。

〈こんなものか、という感じがあり、また大きな仕事を終えたような充実感もあった。／《おれは女とやった》／それがどんな意味を持つのか、それはわからない。だが、信介はいま、たしかにある地点をすぎて自分が一歩進みだしたような、そんな感慨をあじわっていたのだった〉

引用部分の〈おれは女とやった〉を〈おれはひとを殺した〉に置き換えてみれば――つま

りエロス（性＝生）をタナトス（死）に倒置してみれば、どうだろう、豊川市の少年Aの姿がたちのぼってはこないだろうか。

少年Aは小学校の文集に、こんな作文を寄せている。

〈まだ僕は大人の世界を知っていない。でも、いつまでも子供でいられる、と言う訳では無い。だから、これからも努（力――重松補筆）が必要だ。しかし、まだ僕自体が、どの程度が努力《（ママ）》を言えるのか知らない。僕は、もう色々な言葉を使ってはいるが、言葉の程度や限度を知っていない。そして、物事等、すべてに対して、完全に知らない事が多すぎるほどだ。だからそんな事を、出来るだけ知ってみたい。中にはこれはこうだ。と思う事も少々あるのだが、これと言って、決め付けれる事はまず無い。とにかく、知らないままでは始まらない。そんな事を考えている〉

そして、あまりにも有名になってしまった犯行動機――〈ひとを殺す経験をしたかった〉。かつての歌謡曲の歌詞や題名では、〈大人の世界〉を知ることや〈経験〉は、たいがいの場合、初めてのセックスを意味していた。それに倣って、さっきとは逆に犯行動機のタナトスをエロスに転換してみれば「セックスの経験をしたかった」となり、そうなると、十七歳の少年のごくあたりまえの欲望が現れてくるのだ。

少女たちの発露するエロスを横目に、自らのエロスは優等生が持ってはならないものとして封印された少年が、〝他者〟を持たないまま自分は周囲とは違うんだという自意識だけ肥大させ、そのはてに、行き場のないエロスがタナトスに転換した――。

ぼくは、少年Aと少年Bの事件を、そんなふうに解釈しているのである（少年Aが殺害したのが主婦で、少年Bが女性客だけをバスに残したのは、エロスの残滓だとは言えないか？）。

最後に、あらためて『愛と誠』の岩清水弘の叫びを思いだしてみよう。「君のためなら死ねる！」は、ヒロインの望みしだいで「君のためなら殺せる！」にもなりうるはずだ。

悲劇の優等生・岩清水弘は、しかし幸福な優等生でもある。彼は、たとえ報われなくとも、早乙女愛という〝君〟と向き合うことができたのだから。

『セヴンティーン』の〈おれ〉も、物語の終盤で右翼団体に入り、天皇陛下という〝君〟を持つことで〈至福のセヴンティーン〉となった。

だが、少年Aや少年Bには、〝君〟はいたのだろうか。

〝君〟なき「死ねる！」「殺せる！」が、ぽつんと中空に浮かぶ、そんな光景をぼくは思う。〝君〟を〝志望校合格〟や〝成績トップ〟と呼び替えることのできなくなった時代の優等生の孤独を、思う。

彼らには、片思いでもいい、好きな女の子がいたのだろうか。ぼくは、それがいま気になってしかたないのだ。

「街は、いますぐ劇場になりたがっている」と寺山修司は言った

1

着陸した飛行機の窓から眺める滑走路は、さえぎるもののない陽光を浴びて、白く色が抜けてしまったように見える。梅雨の晴れ間というより、もはや本格的な夏が訪れたかのような強い陽射しだ。

二〇〇〇年七月一日午後一時過ぎ、のんきな譬えをつかわせてもらえば、時間設定を間違えたタイム・トラベラーの気分で、読み物作家は関西空港に降り立ったのだった。

約二年、ずれている。

現地で先行取材をしてくれたF記者も「みんな『なんでいまさら』って顔してましたよ」と苦笑する。

確かに、それはそうだ。「風化」とまでは言えなくとも、すでにじゅうぶんに「過去」の事件である。

「だから……」

F記者はつづける。

「事件に近いひとほど、話したがらないんですよ。もう思いだしたくもないっていう感じで」

二年目の夏、である。

夏祭りでふるまわれたカレーにヒ素が混入され、それを食べた住民のうち四人が死亡、六十三人がヒ素中毒などで病院に運ばれた――いわゆる和歌山ヒ素カレー事件が起きたのは、一九九八年七月二十五日のことだった。

事件は当初、集団食中毒と見なされていたが、翌二十六日、カレーから青酸化合物が検出された（のちに毒物はヒ素と判明）ことで事態は急変。無差別大量殺人の可能性が浮上してきたのだ。和歌山県警は即座に百五十人態勢の捜査本部を設置し、東京からは数多くの取材陣が現地に急行する……。

ある週刊誌記者は、大城裕太名義で七月二十六日の現地入りの様子をこんなふうにリポートしている。

〈夜8時の最終便で関西新空港へ。他社の人間もいるようだ。／夜10時過ぎにJR和歌山駅につく。／（略）／この日は、現場の位置と所轄である和歌山東署、被害者が搬送された病院、被害者宅、当該自治会の範囲などを一通り確認して終わり。病院には、まだ被害者の話が必要なテレビなどの取材陣がいた。他の週刊誌の知り合いに一通り電話し、様子を確認。どこも「犯人は自治会内部の人間だろう」という。すでに住民からの逮捕を見越したうえでの、各社の隠し撮りが始まっていた〉（『消えた殺人者たち』）

暑い夏は、こうして幕を開けたのだった。

＊

「二年もたてば一昔やさかいなあ」

関西空港から乗り込んだタクシーの運転手は、和歌山市街へ向かって車を走らせながら言った。「林眞須美が逮捕されてから半年ほどは『園部に行って』言う客もようけおったけど、いまは全然おらんのと違うか」とつづけ、「マスコミからはときどき連絡が来るけどな」と、ニヤッと笑う。

微妙な笑い方には、わけがある。

このT運転手、じつは林眞須美被告に気に入られて、外出のたびに無線で呼び出されていた〝専属運転手〟だったのである。

当然、マスコミにとってもT運転手は絶好の取材源になる。T運転手の車は、眞須美被告を乗せるだけでなく、彼女の様子を少しでも聞きだそうとする取材陣の間で引っ張りだこになり、事件以前の一日の平均水揚げ三万円前後が、一気に六、七万円にまで跳ね上がったのだ。

「当時の記者のタクシーの乗り方はめちゃくちゃやった。着替えの服やタオルを取りに、大阪までタクシーで戻っとったんやさかいな」

まさに、取材バブルである。

事実、和歌山市内の大手タクシー会社の幹部は「不謹慎かもしれませんが」と前置きしたうえで、あの夏は会社全体の売り上げがふだんの二倍になった、と言う。

「マスコミと貸し切り契約をしていたため、車庫に車が残っていないほどの繁盛でした。ウチの会社は現場近くに駐車場をいくつも確保していましたから、夜中も運転手たちはフルで働いていました。一つの大きなイベントだったようなものですね」

ホテル業界もそうだ。

「事件が起きてからの一ヵ月半は、市内のホテルから旅館までどこも満室。一社で『シングルを十五部屋予約したい』いうような電話がじゃんじゃん入りました。ただ、マスコミのひとは一部屋を三人ぐらいで使って交代で寝泊まりするでしょう。エアコンは二十四時間点けっぱなしやし、風呂場で洗濯するから水道代はかかるし、排水溝は汚れるし……。大儲けした、いうわけではないんですわ」(市内のホテル関係者)

そこ――なのだ、今回の寄り道と無駄足のポイントは。

和歌山ヒ素カレー事件という「イベント」によって、町と人々はどんな影響を受けたのか。〝事件の隣人〟になってしまった人々は、二年後のいま、なにを思っているのか。

T運転手の車は、和歌山市の中心部を抜けて紀ノ川沿いにしばらく走り、「イベント」の舞台となった園部地区に入っていった。

2

事件現場――そして林健治、眞須美両被告の自宅のある一画は、幹線道路から一本入った袋小路の格好になっている。

その出入り口のほど近くにあるクリーニング店の店主・Iさんは、いまも事件の夜のことを生々しく覚えている、と言う。

「店の外を、みんな苦しそうな顔して歩いとったわ。『どないしたん？』て訊いても、口押さえて、返事もでけん。祭りの会場に行ったら、吐いとるひとも多かった。そのときはまだ食中毒や思うとったんやけど……次の朝、起きたら、そこらじゅう警官だらけや。そこから先は、もうパニックやったな」

思いもよらない急展開に混乱するIさんに、さらなるショックが襲いかかる。クリーニング用の薬品が怪しい、と一部週刊誌で犯人扱いされてしまったのだ。

「そらぁ腹立ったで、ほんま。その雑誌の記者は出入り禁止にしたったし、いまでも嫌いや、その雑誌は」

茶髪のパンチパーマに鼻髭、金のネックレスのIさん、いまでこそ笑って話せるが、取材攻勢の激しかった頃はしじゅうピリピリしていたと言う。

「TBSのレポーターなんか店の中にまでカメラマンと一緒に入ってきたから『どつかれたいんか！』と怒鳴ってやった。NHKの記者の胸ぐら摑んで怒鳴り散らしたこともあったな」

一度怒鳴られた記者は、たいがいもう来なくなるのだが、例外もいた。

「朝日新聞の女性記者はすごかったでえ。一回怒ったあとも俺の家までやってきて、晩飯まで食うていった。俺が床屋に行っても床屋までついてきて、『話を聞かせてくれ』や……。たいしたもんやで」

Iさんはあきれたように首をかしげる。いや、「あきれた」ではなく「あきらめた」のほうが近いだろうか。

感情的な怒りだけではない。現実的な迷惑もこうむってきた。

「あの事件以来、売り上げは三分の一や。来る客来る客、かたっぱしからドッと取り囲まれて、写真を撮られるんやさかいな。おかげで常連のお客にまで逃げられてもうた。一度よその店に流れた客は、もうウチには戻って来んのや」

報道被害——と呼んでいいだろう。似たような話は、現場近くに二軒あるお好み焼き屋のそれぞれでも聞いた。

しかし、Iさんは苦笑交じりにつぶやいた。

「まあ、腹の立つ記者やレポーターはようけおったけどな、テレビに出とる者は、どうも怒れんのや……」

現場付近に住む主婦も、同様のことを口にした。朝のゴミ出しもふだんのようにパジャマ姿で出られなかった、日陰を求めて塀に張りつく取材陣の話し声がうるさくてかなわなかった、と並べ立てた彼女は、しかし最後に一言付け加えたのだ。

「一つだけ癒されたことがあります。それは小宮悦子さんが現場から中継でレポートしたときです。近所のひともみんな外に出ていきました。有名人が来ると、やっぱり見に行きたいですからね。きれいでしたよ、小宮さん」

さしずめ、「イベント内イベント」といったところだろうか。

ここに、マスコミと一般市民との間の独特な距離感がある。親和性と呼んでもいいか。Iさんらの感情を逆撫でしてしまうのを覚悟して乱暴に言いきってしまえば、ひとびとがマスコミを本質的に敵視するということは、ひじょうに難しいのではないか？

自宅の周囲に集まる捜査陣は、ごくふつうの市民生活を送っている人々にとっては明らかに異物である。しかし、取材陣のほうは——塀に張りつく個々の記者やカメラマンの姿を捨象して、マスコミ全般として考えれば、それは決して異物ではないはずだ。テレビカメラを向けられる住民は、同時にテレビの画面を見つめる視聴者でもある。記者の質問責めに辟易するひとも、立場さえ変われば、その雑誌や新聞の読者でありうる。

当事者と傍観者の間を揺れ動く園部地区の人々が、マスコミの報道によって救われた、そんな面もあったのではないだろうか。

＊

〈取材班が最初に「容疑者」として林夫婦の存在をキャッチしたのは、事件発生後三日目の七月二十七日深夜だった。捜査員の捜査メモの備考欄に、林夫婦の名前と『挙動不審』の行動が列挙されている、という情報が入ったのだ〉（週刊文春特別取材班編『林眞須美の謎』）

「週刊文春」は七月三十日発売の八月六日号で、〈捜査本部が関心を持った人物〉として林夫婦を仮名報道することに決めた。すると、二十九日のうちにゲラを入手した他社の記者が林夫婦の自宅に押しかけ、夫婦は釈明記者会見を開くことになったのだ。

〈この瞬間から「カレー事件」は〝劇場化〟した〉（同書）

いや、しかし、すでにこの町では劇が始まっていたのである。主役を見つけだすための、混乱しきった劇が。

くだんの「週刊文春」八月六日号の記事には、こんな文章がある。

〈近隣の住民たちは疑心暗鬼になり、「あいつが怪しい」と互いに警察、報道陣に告発し合う、残酷な〝犯人探しゲーム〟まがいの様子もあったらしい〉〈根拠のないウワサはこれだけにとどまらない〉〈その他にも、風評は数々あがっている〉

記事の締めくくりは、こうだ。

〈このまま捜査が長引くようでは、事件が迷宮入りするか、住民とメディアの密告合戦によって、第二の河野義行さん（松本サリン事件で容疑者扱いされる）が生まれかねない。／死亡した田中副会長の遺族は、怒ったような口調でこう答えた。／「犯人を逮捕できるよう、ちゃんと取材して下さい。お願いします」〉

さらに、翌週八月十三・二十日号の記事の結びは、〈噂が噂を呼ぶこの怪事件、捜査は長引く可能性が高い〉。

八月二十七日号では——。

〈神戸で起った、あの酒鬼薔薇事件では、数々の誤報が乱れとび、それが捜査を混乱させた。（略）迷惑をこうむるのは、いつも住民。あまりの取材攻勢に住民たちは、取材自粛を呼び掛けるチラシを各戸に貼り出した。／「噂で怪しい、と言われた人たちは、家の外には一歩も出たくない、とノイローゼ状態になっています。家の前には、大勢のカメラマンが張りついているんだから、当たり前ですよ」（地元記者）〉

前出の『消えた殺人者たち』の大城裕太のリポートにも、取材の焦点が林夫婦に絞られるまでの地区の混乱の様子が描き出されている。

〈自治会の中の派閥というより、単なる近所の好き嫌いからか、さまざまな憶測と未確認情報が飛び交った〉〈被害者が出た家と、出なかった家。被害者でも症状の重い人、軽い人で様々な噂が出て、住民同士の疑心暗鬼は頂点に達した〉

夏祭りに参加した園部第十四自治会は約六十五世帯、人口にして二百二十人ほど。面積で言えば半径五百メートルの円にすっぽり収まるコミュニティは、この時期、崩壊寸前――いや、もはや崩壊しきっていたと言っていい。

被害者の中に加害者がひそかに紛れ込み、噂を語る者はまた別の誰かの噂で語られ、傍観者だと安心していたら不意に疑惑のレッテルを貼られてしまう。役者と観客がめまぐるしく入れ替わる街頭劇である。

もしもマスコミが〝疑惑〟の段階で林夫婦をマークせず、捜査当局が夫婦を「泳がせる」作戦をとって素知らぬ顔を決め込んでいたら、住民の人間関係はいったいどうなってしまっていただろう……。

いずれにせよ、警察よりもむしろマスコミが主導するかたちで、混沌とした街頭劇にはひとまず幕が下りた。

そして、ヒロイン・林眞須美の演じる劇が始まる――。

＊

マスコミは劇の演出家として、キャストにまつわる新事実を次々に発掘し、観客の好奇心を煽りたてた。

キーワードは――疑惑。

前出『林眞須美の謎』には、事件を報じる「週刊文春」の記事のタイトルもそのまま載っている。

〈疑惑の夫婦Xデーの「罪名」〉（九月十七日号）
〈疑惑の妻は夫にもヒ素を飲ませていた!?〉（九月二十四日号）
〈〝疑惑の妻〟は「夫の葬儀」まで準備していた？〉（十月一日号）
〈ついに逮捕！　林眞須美の疑惑構造〉（十月十五日号）
　思いだす事件が、ある。一九八四年から八五年にかけてのロス疑惑――三浦和義被告をめぐる報道である。
「週刊文春」が『疑惑の銃弾』の連載を開始したのは一九八四年一月。以来、翌年九月の三浦被告逮捕まで、主要週刊誌・女性誌に載った記事だけでも延べ二百四十冊、約八百五十ページにおよぶ（『ダ・カーポ』による）。
　その過熱ぶりの深層を探った「朝日ジャーナル」の記事がある。少し長いが引用させてもらおう。
〈場所は東京都杉並区にある三浦和義邸門。門前払いを食い、所在なく張り番をしていた報道陣の目の前で、リモコン式（？）の門が突然開いた。「何かある！」と直感した彼らは、いっせいに玄関先へと走る。「家の中から、本人が出てくるかもしれません」と報告するレポーターの声がはずむ。だが、一向に姿を見せない。玄関の扉越しに、「何か、ひとこと！」と絶叫してみても、応答はなかった。
ただこれだけのことだが、視聴者はちょっぴりながらも満足した。自分が現場に居合わせているような気分になれたし、主人公がマスコミを馬鹿にするなら、こっちもやり方を変えてやる、と新たな策を練る励みにもなった。何よりも、このシーンで〝コロンボ刑事〟の主人公に対する心証を、ますますクロに近づけられたことがよかった、という次第だ。極論すれば、情報の「送り手」と「受け手」は、この程度のやりとりを繰り返してきただけ、ともいえる〉

いかがだろう。引用部分冒頭の〈東京都杉並区にある三浦和義邸〉を〈和歌山市園部にある疑惑のH夫婦宅〉に置き換えれば、それはきれいにカレー事件に重なり合っていくはずだ。

「朝日ジャーナル」から、さらにもう少し引用してみよう。

〈届けられる情報は、あくまでも断片的で、完結しない「疑惑」という空間があるため、その空間に気軽に入って行ける要素をいつも含んでいる。この空間の魔力は、関心を呼ぶのにも、関心を持続させるのにも大切な役割を果たしている〉

和歌山のカレー事件に立ち返ると、『消えた殺人者たち』のリポートには、こんな記述がある。

〈ガレージをカレーの調理に貸した家は、そんな噂の第一の被害者だった。情報が錯綜している時にテレビ出演したためか、「あの店のおっちゃんの家でカレーに毒が盛られた」が、「あの店のおっちゃんがカレーに毒を入れた」になっていた。根拠のない噂で「あの家の娘

は元オウム」というのさえ……〉（傍点・重松）

結果的に〈おっちゃん〉は潔白だったわけだが、インタビューに答えた内容を吟味する以前に、「テレビに出ているからこそ怪しい」「なにか後ろ暗いことがあるから、わざわざ記者会見を開いているに違いない」……もはやぼくたちは、誰かがマスコミに登場する意味をそこまで裏読みするようになっているのだ。

司法の原則は「疑わしきは罰せず」だが、報道の原則は「疑わしきこそ報ずべし」。疑惑の解明が捜査陣の使命なら、取材陣は（むろん解明のための取材はつづけているのだが、それでもやはり）疑惑をいかに視聴者や読者に愉しんでもらうかに腐心する。報道の決まり文句「一日も早い解決が待たれる」は決して嘘偽りではないだろうが、その裏側には、解決までの間にもう一ヤマ二ヤマを求める本音もひそんでいるはずだ。

そんな演出家と観客の期待に応えて、主役は踊る。

3

一九八四年三月二十三日付の東京新聞は〈やっぱり視聴率　独占スクープ合戦〉と題した記事で、当時の三浦和義被告の売れっ子ぶりを報じている。

たとえば、五日連続で一日に三番組出演という独占インタビューを仕掛けたＴＢＳでは、三月十九日の『3時に会いましょう』が視聴率一三・〇パーセントを記録。過去四週の平均視聴率が八・六パーセントだから、三浦効果は大いにあったのだ。

マスコミに登場するにあたっては出演料や取材謝礼も発生する。三浦被告が手にした金額は、一説には二千万円以上とも言われている。

まさにマスコミがつくりあげたスターであり、ときには生みの親のマスコミを手玉にさえとるスターである。その系譜には、オウム真理教の上祐史浩幹部や、二〇〇〇年三月に逮捕された埼玉連続保険金殺人疑惑の八木茂被告も連なるだろう。

だが、林眞須美被告と重ね合わせるのなら、三浦被告よりもむしろ良枝夫人（当時）に注目したほうがいいかもしれない。

もちろん良枝さんはロス疑惑の殺人事件とはまったく無関係なのだが、たとえば三浦被告の逮捕直後の「週刊文春」に載ったこんな記事はどうだろう。

〈「彼女は最初からあんなに堂々としてたわけじゃありません。（略）下高井戸の家の頃は、すごくオドオドしていましたよ。それが薄れてきたのがヨーロッパ滞在中かな。『フルハムロード・ヨシエ』の開店準備に入ってからは、もう居直ったという感じ。（略）内心はどうあれ、堂々としかいいようがありませんよ」（芸能レポーターの梨元勝氏）〉

眞須美も、最初の記者会見のときは健治被告のかたわらに黙って座っているだけだったのが、しだいに主役をつとめるようになった。その過程をつぶさに見てきたT運転手は、感心したように言う。

「最初に乗せたときには、フツーのおばちゃんやったのが、どんどんきれいになっていったな。しまいには、スター気取りやったわ」

三浦良枝さんにかんする「週刊文春」の記事は、まだある。

〈逮捕当日も店の前に群がる報道陣に対する挑発は、行われていた。店の中から突然飛び出してきた良枝さんは、持っていたカメラで、バチャバチャと居並ぶ報道陣を撮りだした。そしてこの写真は業務妨害の証拠写真として、警察に提出すると説明したのだ。

彼女の腰のベルトにはさんだ懐中電灯のようなものにしてもそうだ。これは実は痴漢撃退用の携帯スプレー（ガス銃）である。用途は、しつこいマスコミへの威嚇だ。カメラもスプレーも、彼女が持つとこうして攻撃的な〝武器〟に早がわりする〉

林眞須美被告の場合なら、シャワーの放水である。

しかし、それにしても……と、ぼくはため息交じりに思う。〈威嚇〉だろうと〈攻撃〉だろうと、マスコミにとってはヒロインの芸のうちだ。たとえそれが抗議や哀願になっても変わらないだろう。

マスコミは、しぶとい。

いや、違う。真にしぶといのは、そんなテレビや雑誌を文字通りのメディア（媒体）として、ヒロインの一挙一動を見つめるぼくたちなのではないか？

「朝日ジャーナル」の記事が、視聴者や読者をコロンボ刑事に譬えたのは、なかなか意味深長である。『刑事コロンボ』は周知のとおり倒叙——先に犯人が示され、彼の築き上げた完全犯罪のシナリオをコロンボが突き崩していく、という構成になっている。つまり、犯人の姿は最初からぼくたちの目に見えていて（しかも自らよくしゃべって）、ドラマ内で明かされるすべての情報は犯人のトリックが崩壊する、その瞬間に向けて収斂していく。

＊

疑惑報道の構図も同様である。松本サリン事件のようなドンデン返しのリスクは皆無とは言わないが、目元に入った黒い線一本や淡いモザイクをぎりぎりの免罪符として、ぼくたちは迷うことなく焦点を疑惑の主に合わせられる。退屈しのぎにテレビを点け、雑誌をぱらぱらとめくるぶんには、まことに都合のいいわかりやすさだ。

たとえば和歌山ヒ素カレー事件のちょうど一年前を思いだしてみればいい。一九九七年初夏、「酒鬼薔薇聖斗」を名乗る少年が始めた「ゲーム」は、ひどく難解なものだった。犯人像の推理は錯綜し、混乱し、十四歳の少年が逮捕されてからも、主役の顔さえぼくたちには知ることができなかった。「ゲーム」は、カタルシスを持たないまま、ぼくたちの胸に「時代はこんなにも病んでいるのだ」という痛みだけを残して終わったのだった。

そのもどかしさに比べると、カレー事件の報道は、じつにシンプルだった。ぼくたちは、関心や好奇心の範疇を踏みはずすことなく報道を受け止められる。次々にもたらされる林夫婦にかんする情報が、やがて訪れるはずの大団円——Xデーのカタルシスの予感をいやがうえにも盛り上げてくれる。

一九九八年十月四日未明、林夫婦逮捕の瞬間の様子を、『消えた殺人者たち』はこんなふうにリポートしている。

〈とうとう園部の現場に警察車両が到着した時には歓声さえあがった。人がどんどん集まってくるが、野次馬が大半だ。仕事帰りらしい水商売風の男女から老若男女、中にはカメラ持参の人もいる。まるでお祭り騒ぎだ。

次々と到着する警察車両はこれが大捕り物だと伝えていた。機動隊が林家の周りにシートを用意する。どうやら、野次馬からの投石などを防ぐ目的らしい。空が白んでくるころには、上空に爆音とともにヘリコプターが10機ほど飛来してきた。

「ワルキューレ騎行」がかかるなら、まんま映画「地獄の黙示録」——〉

*

あの日ヘリコプターが旋回していた空は、夕暮れの茜色に染まりかけている。警察関係者と取材陣と野次馬で騒然となった林夫婦の自宅前に、人影はない。

静かな週末の一日が、暮れようとしている。事件は、また一日ぶん、遠ざかっていく。夏祭りの会場となった空き地の雑草も、梅雨が明けるとさらに緑が鮮やかになるだろう。

宴のあと——という言葉がふと浮かびかけて、甘いよな、と苦笑する。

確かに、マスコミが演出し、眞須美がヒロインをつとめた劇は終わった。

健治被告の前妻が働いていたカラオケスタジオを訪ねたとき、ボックス席には東京から来た若い男性グループがいた。かつてカレー事件を取材していた民放テレビ局の取材クルーだった。別の事件の取材で和歌山に来たので、ついでに顔を出したのだという。

「懐かしいんやろなあ、たまにそういうお客さんも来てくれはる。いまでも雑誌の記事を送ってくれる記者のひともおるし」とスタジオのママは笑う。

また、林夫婦が常連だった和歌山市中心部のスナックは、マスコミの取材源であると同時に前線の合同休息所のような存在になっていた。みのもんた、徳光和夫をはじめ、訪れたマスコミ関係者は総勢百六十五人。キープされたボトルが棚に入りきらないので床に置いていたほどだ。

ちなみに、そのスナックに夜な夜な現れていた記者たちは、事件後、再び一堂に会することになる。今度は、埼玉の保険金殺人疑惑の主役・八木茂被告の経営するスナックで……。

そう、報道のレベルではすでに和歌山での宴は終わったのだ。マスコミは新たな劇の演出をすべく、新たな劇場を求めて、和歌山を離れていった。

しかし、ヒロインと演出家が去ったあとも、劇場は残る。

主のいなくなった林夫婦の自宅には見物客がひっきりなしに訪れ、塀は落書きで汚され、インターフォンが壊され、ついには二〇〇〇年二月十六日に放火されて、ほぼ全焼してしまう。

まるでそれは、ライオンに食い散らかされたあとの草食動物の死骸をハイエナやハゲタカがむさぼっているようなものだ。

焼け落ちた林邸の前には、住民からの立て札が何枚も掲げられている。

〈見学お断り　園部第十四自治会〉

〈お願い　私達住民は、夜中の騒しい声、車のエンジンの音、林宅のギャラリー!!　一番こまっている落書!!　カレー事件から一日も早く、元の生活にもどるためがんばっています。私達住民の願いをわかって下さい。住民一同〉

〈おねがい　興味本位で観にこられている皆様方に個人的に特別な感情を持っているわけではないのですが素直に受入れることが出来ず少なからずの嫌悪感を抱いてしまいます。私達には皆様方の行動を制止する権利はありません。ただ人間として心ある行動をとってほしいと願うだけです。私達住民も皆様方と同じように静かで平穏な生活とそして平和な日々を送り続けたいと強く望んでいます。これ以上私達に心的苦痛を与えないでくださるようお願いします　住民一同〉

町のひとびとは、いやおうなしに舞台に上げられた。暮らしの場が劇場となってしまった。

見ることの愉楽をのみ享受してきた観客へ向けて、見られつづけてきた町の人々は、いま、静かに、哀切に訴えかける。

〈かんのんさまがみている ほとけさまがみている みんなみている ちゃんとみている〉

しかし、〈住民一同〉も決して一枚岩というわけではない。ヒロインと演出家が立ち去るのと入れ替わりに、この町では再び街頭劇が始まっているのだ。

まさに、演劇実験室・天井桟敷を率いた寺山修司が、初の街頭劇である『人力飛行機ソロモン』の作品ノートにこう書きつけたように。

〈街は、いますぐ劇場になりたがっている〉

＊

「『取材でだいぶ儲けたやろ』言われると腹立ちますわ。まあ、言いたい人には言わせとくしかないんやけど」

カラオケスタジオのママは、うんざりした顔を浮かべる。

T運転手も「わしはマスコミからは一銭も貰うとらんよ」と憮然とした様子で、多額の取材謝礼を受け取っていたはずだという運転手仲間の噂話を否定する。

また、息子さんがカレーを食べて集中治療室に入っていたお好み焼き屋でさえ、「あの店は事件のおかげで儲けただろう」とささやかれていた。

金——なのだ。

噂——なのだ。

さまざまな形で事件にかかわったひとたちが一様に訴えるのは、報道のかたちでは出てこない風評の陰湿さだ。

林夫婦の自宅が放火されたときにも、「犯人は近所の○○ではないか」という噂が流れた。全国から集まった義捐金にしても、和歌山市長らによる管理委員会が被害者の同意のないまま一部を近所の公園整備費用にまわし、被害者が激怒したと伝えられる。

さらに、義捐金が被害者に分配されることが決まったあとも、それを持ち寄って林邸を買い取り、慰霊碑を建てようという『被害者の会』会長の提案に他の会員が反発、提案は宙に浮いたまま、放火・全焼という最悪の事態を招いたのだった。

義捐金をめぐるこれらの不協和音を報じた「週刊新潮」は、「このままでは被害者の会は空中分解してしまいます」という役員の声も伝えている。

事件から二年たったいまも——。

「今年は亡くなった人たちの三回忌にあたりますね」と水を向けたぼくに、ある住民は冷めた笑いを浮かべてかぶりを振った。

「今年はなにもやらんのと違うかな。去年の慰霊祭も、△△が勝手にやったようなもんやさかいな。わしは知らんし、もし今年も慰霊祭があっても、行くつもりはないな」

七月十三日、林邸の取り壊し工事が始まった。日本中の注目を集めた「イベント」のメインステージは、更地になって、消えた。

しかし、町に残された人々は、ヒロインも演出家も、観客さえもいない街頭劇を、まだ演じなければならない。不信感と悪意と無責任な噂が漂うなか、人々の暮らしはつづく。いつ幕が引かれるのか。それは、誰にもわからない。

日が暮れる。ぼくが現場周辺を歩いている間、家の外に出ている人影はまったく見なかった。

静かな、あまりにも静かな、週末の午後だった。

熱い言葉、冷たい言葉

1

バブル景気から今日に至る長い不況への転回点となった年——一九九一年。湾岸戦争、ソ連邦解体で世界が揺れ、国内に目を移すと雲仙・普賢岳噴火、野村證券損失補塡発覚など、これまた激動をつづけた一九九一年に、日産自動車（以下・日産）は文字のみによる異例の新聞広告シリーズを展開した。

ヘッドコピー、というより演題と呼んだほうがふさわしそうなのだが、ともかく〈日産自動車株式会社〉名義で記された長文のメッセージには、こんなタイトルがついている。

〈環境問題に対して、／日産がしていること、／しようとしていること、／現状ではできないこと。〉

〈私たち日産の／安全に対する考え方と／取り組みをお話しします。〉

小さな文字でぎっしりと組まれた文章量は、四百字詰め原稿用紙で十数枚分にもおよぶ。環境と安全という次世代の自動車産業が避けては通れない二つの大きなテーマに対する姿勢を、日産は武骨なまでに正攻法で示したわけである。

それぞれの広告の締めくくりのフレーズは共通している。

〈これから10年の日産を見てください。〉

もう一度、確認しておく。〈これから〉の起点は一九九一年。国内自動車販売台数が十一年ぶりにマイナス成長を記録した年のことである。

数えて九年目にあたる二〇〇〇年八月十三日、東京都立川市と武蔵村山市にまたがる日産村山工場は、降りしきる雨のなか、この日からお盆の一斉休業に入った。

お盆の日曜日、太平洋上で台風が接近中ということもあって、敷地の東側の壁に沿って延びる道路――通称・日産通りはがらがらだった。工場に出入りする車もほとんどない。正門の外から一瞥するだけでも、工場内が閑散としているのはわかる。

いや、静けさの理由は、たんに工場から稼働音が聞こえてこないせいだけではないのかもしれない。

村山工場で製造される人気車種マーチの生産ラインが、この夏休み期間中に神奈川県横須賀市の追浜工場に一部移管される。

〝落城〟が、迫っている。

一九六二年のプリンス自工（一九六六年に日産と合併）の工場開設から数えると三十八年の歴史を誇り、最盛期の従業員数約七千人、東京ドームが二十七個入るという広大な敷地を擁する、文字どおり日産の心臓だった村山工場は、二〇〇一年三月までに閉鎖される。

くだんの広告から、まさに十年――である。

＊

マーチ、キューブ、スカイライン、ローレルなど日産の看板車種の生産拠点だった村山工場の閉鎖は、一九九九年十月十八日に発表された再建案『リバイバルプラン』によって決定された。

〝コスト・カッター〟の異名を持つカルロス・ゴーンCOO（最高執行責任者）が打ち出した同プランは、日産グループ全体で二万一千人を削減、五工場を閉鎖し、さらには下請けの部品メーカーを現在の千百四十五社から六百社以下に半減させるという未曾有の規模の大リストラ策である。

村山工場閉鎖は、その第一陣。メッキ、プレス工程などごく一部を除き、二〇〇一年三月までには生産が中止され、工場そのものも二〇〇四年三月までには完全閉鎖されることになっている。マーチとキューブの生産ラインは追浜工場へ、スカイラインは栃木県河内郡上三川町の栃木工場へそれぞれ移管され、従業員は原則として従事していたラインに伴って配置転換される。

それが嫌なら――退職という道しか、ない。

配置転換を受け入れた従業員も、特に家族を持っているひと、マイホームをかまえたひとには、大きな壁が目の前に立ちはだかっている。追浜にせよ栃木にせよ、村山近辺の我が家から通勤することはまず無理なのだ。

となれば、家を処分して家族とともに現地へ引っ越すのか、単身赴任をするのか。そのどちらもできないというのなら、やはり退職という選択肢しか残らない。

東京近郊にマイホームのあるAさん（四十一歳）は、退職を決断した。

「追浜に行ければ会社に残る道を選んだかもしれませんが、希望が通らず栃木への異動になったので、家族会議を何度も開いたすえ、退職することに決めました」

Aさん宅は三つ年下の奥さんと、高校一年生と小学三年生の子供の四人家族。

「やっぱり子供がまだ小さいと、教育の問題もありますから、栃木に引っ越してしまうわけにはいきません。子供たちは『追浜は海が近くていい所だね』と言っていたんですが……。栃木に単身赴任するにしても、二、三年ならともかく、定年まで二十年も二重生活をするぐらいなら、東京で再就職したほうがいいでしょう」

四十代ともなれば、故郷に暮らす両親の老後のことも考えないわけにはいかない。西日本出身のAさんにとっては、その意味でもやはり栃木よりも追浜だったのだ。

さらに、追浜と栃木には〝地域格差〟に加えて〝収入格差〟もあるのだという。

「栃木で生産している車は、セドリックやグロリアやシーマといった高級車なんです。台数があまり出ないから、仕事も暇で、残業や休出（休日出勤）がないわけです。それどころか、金曜日も休みになることがあるそうです。村山から移管されるのはスカイラインですが、このラインも残業、休出はほとんどありません。基本給だけで二重生活をつづけるのはキツいですよね」

一方、追浜で現在生産しているのは、セフィーロやブルーバード、プリメーラといった大衆車。そこに売れ行き好調なマーチやキューブが加わるのだから、〝収入格差〟はますます広がっていくわけだ。

「退職したからといっても先行きは不安ですよ。家のローンもまだ残ってますし、ハローワークに行ってもそんなに仕事はないですからね。年齢的にも四十一歳は求人のあるぎりぎりの歳でしょう。逆にいま五十歳だったら、会社の命令どおり栃木に行ったかもしれませんね」

退職を決意したあとも、Aさんの心情はまだ揺れつづけている。

村山工場の従業員には、四十歳以上の退職希望者に退職金が上乗せされる選択定年制が適用される。Aさんの場合なら、上乗せ額は基本給の十八ヵ月分で、五十代になると二十四ヵ月分が上乗せされるという。

「ただ、五十代で退職する人は定年扱いになるそうなんですが、私たち四十代の場合は、形式上は自己退職になるんです。それだけで三百万円ぐらい違ってきます。ある意味では私たちだって会社の都合で辞めざるをえないわけなんだから、ちょっと納得はいかないんですが……」

それでも、Aさん、会社への恨み言はそれ以上口にしなかった。

「できれば村山工場は残してほしいんですよ。村山工場を残した形でどうにかならないものか、と思いますね。高校を出てすぐ、右も左もわからないような状態で東京に出てきて、ずっと村山工場で仕事をしてきたわけですから、私にとってはここが第二の故郷みたいなものなんです」

そして、「就職活動はもう始めていますか？」の問いに、Aさんは苦笑交じりに答えるのだ。

「まだなにも。辞めると決めた頃は有給休暇を全部使って就職活動をしようと思っていたんですよ。こうなったのも会社の勝手なわけですから、自分も勝手にしてやろうか、と。でも、なかなかそうはいきませんよね……」

日産では、親の介護などやむをえない事情のある従業員にかぎり、異動困難者として配置転換リストからはずし、来年三月の閉鎖以降は順次、再就職の斡旋をおこなうことにしている。

だが、その〝やむをえない事情〟の中に、たとえば奥さんの仕事のことは含まれていない、という。

＊

「いまは会社の命令どおり配置転換に応じるか辞めるか、五分五分といったところですね。いや、いまはもう辞めるほうが多いかな」

そう語るBさん（四十七歳）の奥さんは、夜勤のある仕事に就いている。まだ小学生の子供がいることを考えると、単身赴任は避けたい。しかし、マイホームのローンはあと十年以上残っているし、奥さんの勤務先はいまの自宅からでないと通えない。

「そう考えると転職したほうがよさそうなんですが、いままで三十年近く働いて覚えてきたノウハウや技術がゼロになってしまうわけですから……」

逡巡を隠しきれないBさんだが、ぽつりと、まるで自分自身に言い聞かせるように、こうも言うのだ。

「でも、たとえ残ったからといって、この調子だと定年になるまで会社があるかどうかもわかりませんよね」

一九七三年入社のBさん、当然その頃は会社の経営状態が危うくなるなど考えてもみなかった。日産といえばトヨタと並んで〝大企業〟の代名詞のようなもので、そこに入ったからには終身雇用が当然だと、いや、〝当然〟と意識すらしないほどあたりまえのこととして受け止められていたのだった。

だが、もはやその神話は日産には通用しない。一九九九年五月にルノーから六千億円近い資本注入を受けたものの、二〇〇〇年五月十九日に発表された三月期の連結決算では、最終損益が六千八百四十四億円の赤字になった。これは製造業としては過去最大額である。そして、販売台数も本田技研に抜かれて業界第三位に転落した。

思えば、〈これから10年の日産を見てください〉と見得を切った翌年――一九九二年九月の中間決算で、日産は上場以来初めての経常赤字を記録していたのだった。

高らかに謳いあげた〈これから10年〉は、その初っ端から翳りを見せていたのである。

2

断っておくが、ぼくは日産の経営方針や体制を批判するために、この稿を書いているわけではない。『リバイバルプラン』にとりたてて与《くみ》しようとも反対しようとも思わないし、それは経済にあまりに疎い読み物作家の任ではないだろう。

ただ、読み物作家には読み物作家なりの寄り道が、ある。

企業の言葉――について、少し考えてみたいのだ。

『リバイバルプラン』発表以来、村山工場閉鎖は、そのリストラ策の過酷さの象徴として報道されてきた。それだけに、日産広報部は今回の取材に対し、こんなふうに釘を刺すコメントを出している。

「誤解していただきたくないのは、この配置転換というのは人を動かすことが主点ではなく、生産ラインが閉鎖により他工場に移管することに伴う異動ということです。つまり、仕事とともに人も異動していただくという考え方ですね」

しかし、だ。〝誤解〟されることを警戒しているというのなら、むしろ、その「仕事とともに人も異動していただくという考え方」のほうがより危険なのではないだろうか。

これではまるで、従業員は生産ラインの付属物と言っているようなものである。少なくとも、ぼくは〝誤解〟した。読み物作家としての立場以前に、高校を卒業するまでに十数回の引っ越しを経験した転勤族の息子として、その言葉に「冗談じゃないぞ」と憤りすら抱いたのだった。

百歩譲って、従業員たるもの仕事とともに西へ東へと移っていくのは当然なのだ、と受け入れてもいい。だが、そこにはもうひとつの肝心なものがすっぽりと抜け落ちていないか？

従業員の暮らし——である。

家族——である。

村山工場で働くひとびとは、会社の従業員であると同時に、夫であり、父親であり、あるいは年老いた親の子供であり、一家の主であり、ご近所のコミュニティの一員である。Aさんや B さんの例でも明らかなとおり、従業員が配置転換を受け入れるかどうかの最も大きな壁は、〝仕事〟ではなく〝暮らし〟であり、〝家族〟だったのだ。

辞令にそのことを勘案した文言を入れろとは言わない。

しかし、広報部——一般論にしておくが〝きれいごと〟を言うための部署からのコメントがこれでは、配慮がいささか欠けている。いや、企業の本音を素直に吐きすぎていると見るべきだろうか。

父親の転勤のたびにその町での暮らしを根こそぎ奪い去られてきたぼくには、それがむしように腹立たしく、また寂しかった。

＊

村山工場では、配置転換を決める面接に先立って、『個人情報調査表』が従業員に配られた。一九九九年十一月のことである。

異動先について尋ねた項目を引き写してみよう。

〈1　原則として追浜工場か栃木工場に異動して頂くことになりますが、異動する場合どちらの工場を希望しますか?〉

1　追浜工場
2　栃木工場
3　どちらにも異動できない
4　検討中

〈2　上記(註・原文は横書き)設問で「3　どちらにも異動できない」と答えた方、それはどのような事情からですか?〉

かなり広めの回答欄がある。

〈3　上記設問で「4　検討中」と答えた方は、何が心配ですか?〉

この問いにも自由記入のスペースが用意されているのだが——ここからは個人的な直感に

頼った暴論の類になりかねないことを覚悟して、言う。

設問〈3〉の一文を目にしたとき、ぼくは、ここにこそリストラの、そして企業対従業員の関係のすべてが集約されているように思ったのだ。

〈何が心配ですか?〉

いかにも高みに立った、切り口上の、一見相談に乗る温かみを装っているからこそ冷たさのきわだつ言葉ではないか。だいいち、〈心配〉だから行き先を決めかねているのではないだろう。現実に困ることがあって、その解決法を見つけだせずにいるから〈検討〉しているのではないかと、それくらいの当然の想像力は、設問の文章をつくったひとは持ち合わせていないのだろうか……。

また、『個人情報調査表』には住居にかんする質問もある。これは異動のために持ち家を売却せざるをえないひとをフォローするために、自宅の広さや築年数、ローンの残額などを問うものなのだが、一戸建てかマンションかを尋ねるときに〈物件タイプ〉という言葉が用いられていることに、ぼくはカチンと来てしまう。

不動産業者のおこなう調査ならともかく、この段階で、手放したくて手放すわけではない従業員のマイホームを、家族の歴史を育んできた我が家を、会社が自ら〈物件〉と言いきってしまうのは、あまりにも事務的にすぎないか?

さらに、調査表の最後、〈その他〉の欄には、こうある。

〈異動に際し、知っておいてもらいたい事情等を記入して下さい〉

知っておいてもらいたい、である。会社側のつくった文言で、従業員に対してこう言うのである。なんともはや無神経で傲慢な……。

あなたは、どうだろう。「言葉尻をとらえるな」「重箱の隅をつつくな」とあきれるだろうか。組織に属さない物書きの世間知らずを嘲笑うだろうか。あるいは「村山工場の従業員の苦しみをつまらないイチャモンで矮小化するな」とお叱りになるだろうか。

だが、ぼくは読み物作家である。言葉で飯を食っている男である。

そして、フリーランスのぼくは、企業が〝内〟に向ける言葉にめったに触れることがない。〝外〟へ放つ耳当たりや字面のいい言葉を——すなわち広告の言葉を、日々無数に浴びているだけだ。

告白する。寂しさや憤りなど、あとからとってつけた感情だ。広報部のコメントや『個人情報調査表』の文言を見て最初に感じたのは、ぞっとするような薄ら寒さだった。

企業が〝内〟に向ける言葉と〝外〟に放つ言葉との温度差に、ぼくは免疫がなさすぎるのだろうか。

＊

もう少し、寄り道に付き合っていただきたい。

〝外〟に対する言葉にも、じつは〝内〟の状況は垣間見えているのではないか。

「月刊ＣＭ　ＩＮＤＥＸ」の二〇〇〇年八月号は、〈クルマＣＭ、ヒットの系譜――激動の12年間を総検証〉と題した特集を組んでいる。

その中に、日産の〈これから10年〉の苦闘に奇妙にシンクロするデータが紹介されている。各産業のＣＭ好感度の合計をもとにした〝ＣＭ花形産業〟ランキングで、一九八九年に第三位（ちなみに一位はドリンク、二位は食品）だったクルマが、一九九〇年には八位に急落し、二〇〇〇年は九位にまで落ちているのだ。

一九八〇年代後半、いわゆるバブル時代、日産は次々に話題車やヒット車を発表していた。たとえば、一九八七年に発表されたＢｅ－１。デザイン・コンセプターの坂井直樹が手掛けた〝コンセプト・カー〟のコピーには、こんな一節がある。

〈いま、アンテナは暮らしの中へ、時代の真ん中へ。〉

一九八八年発表のシーマも〝シーマ現象〟なる言葉を生むぐらいヒットした。ＣＩＭＡとは、スペイン語で「頂上」「完成」の意味である。

一九八九年のローレルのコピーは、〈時代の真ん中にいます。〉。

一九九〇年は、業界全体のＣＭ好感度ランキングが急落したターニングポイントなのだが、当時の自動車産業について、「月刊ＣＭ　ＩＮＤＥＸ」はこう解説している。

〈しかし各社の設備投資意欲はいぜん旺盛、なによりも見かけの登録台数は続伸していたから警戒論は排除された。／販売会社の現場でも、「引き続き大小法人からの受注残があっていまだゆとりがあった」とする当時の関係者の証言がある。今から見ればバブルの置き土産のような需要、というより惰性が慣性として働いたようであったかもしれないが、通年の登録台数は過去最高の七七八万台をマークした〉

そして、一九九一年——〈これから10年〉が始まる。

一九九二年、福岡県京都郡苅田町の日産九州新工場、稼働開始。だが、前述したとおり、上場初の経常赤字になったのも同じ年である。

一九九三年、村山工場と並ぶ生産拠点・座間工場（神奈川県座間市）の閉鎖と従業員五千人のリストラ策が発表される。

一九九四年、この年の日産の生産能力は年産二百二十万台だったが、実際に生産したのは、損益分岐点の百八十万台を割り込む百六十九万台。工場や人員の余剰問題が表面化してくる。そんな時期にラシーンの広告に〈僕たちの、どこでもドア。〉というコピーが使われたのは、なにやら厳しい現実からの逃避傾向が見てとれなくもない。

一九九五年、イチロー選手を起用したヒットCM〈変わらなきゃ。〉が登場。六年前の〈時代の真ん中にいます。〉と比べると、危機意識があらわになってきたのがよくわかる。イチローのCMは、つづく〈変わらなきゃも変わらなきゃ。〉〈イチロ、ニッサン〉もヒットし、日産も一九九五年九月期の中間決算では黒字を計上した。

しかし、それも長くはつづかなかった。一九九七年に消費税が五パーセントになったあおりを受けて販売台数は急落し、経営危機が公然とささやかれはじめる。一九九九年にルノー社と提携した際には、CMでも〈NISSAN　RENAISSANCE〉と新生・日産をアピール——〈変わらなきゃ。〉の横文字版である。

＊

この十年間、特に後半の五年の日産は、変化を求める連続だったと言ってもいいだろう。なのに、変われない。少なくとも、変わった結果が業績になって見えてこない。それは、なぜなのだろう——。

AさんもBさんも、もどかしげな顔で口を揃えて言う。

「設備投資しすぎなんですよ、この会社は」

たとえば、とAさんが挙げたのは村山工場の中にある塗装工場。

「二百億円ぐらいかけた最新鋭の工場なんです。あと二百億円かけて内装を完成させれば工場として使えるのに、バブルがはじけてお金がなくなったものだから内装工事ができずに、けっきょく建物だけが残って、なにも使わずにいまに至っているんです。そういうムダが多すぎるんですよ」

Bさんは、一九九八年に発表したティーノの不振が、いまの日産の苦境の最大の原因だと言う。

「ヒットすると会社が勝手に予測するのはいいんですが、そのためにわざわざ億単位の金をかけて村山工場に車体の前処理をする生産ラインを新しくつくったんです。まず最初にラインありき、の考え方なんです。ホンダのように現行のラインでつくれるようサイズを工夫しよう、というような発想がない。しかもティーノが売れないいんですからね」

ご参考までに、ティーノ――スペイン語のTINOには「判断の正しさ」という意味もあるのだが……。いや、そんな皮肉はともかく、AさんとBさんの指摘を、日産側はどう受け止めるのだろう。

ぼくには両氏の指摘の是非を問うことはできないが、なるほど確かに、九州新工場の稼働開始と座間工場閉鎖決定が年表の中で踵を接しているというのは、どうにも不格好なものである。

「日産はバブルの頃からおかしくなったんですよ」

退職を決意したAさん、退職の可能性が半ば以上あるというBさん、ともに言う。「早く、なんとか立ち直ってほしい」とも繰り返し訴える。

企業の中で生きることを知らない読み物作家には、正直、意外だった。会社を語るときの両氏の言葉の熱気に、気圧された。退職せざるをえない状況にまで自分を追い込んだ会社のことを、そこまで思えるのかと、失礼ながらほんの少し呆然ともなった。

広報部のコメントや『個人情報調査表』の文言との、これも温度差だ。

カルロス・ゴーンCOOが『リバイバルプラン』を発表したときに日本語で口にしたとい

う「デモ、シンジテクダサイ、ホカニセンタクシハアリマセン」「ドレダケオオクノドリョクヤイタミ、ギセイガヒツヨウトナルカ、ワタシニモイタイホドワカッテイマス」は、どのくらいの熱を帯びて発せられたのだろう。

そんなことも、ふと、思う。

3

八月十三日、夕刻、雨。

高い塀によって町と隔てられた村山工場のまわりを歩きながら、ぼくは少し感傷的になっている。

〈となりのクルマが小さく見えまーす〉〈愛されてますか奥さん〉〈ケンとメリーのスカイライン〉の頃からとりとめなく思いだしていった日産のCMの、最も記憶に新しいコピーは、これだ。

〈モノより思い出。〉

仕事に忙しいお父さんと子供たちを描いた、セレナのCMである。

追浜や栃木への単身赴任を受け入れたお父さんは、そのCMと同じような寂しさを我が子に味わわせてしまうことになる。

さらに言えば、このコピー、モノづくりの時代との決別の辞のようにも思えてしまうのだ。

モノを増やすことが幸せの証だった時代があった。モノをつくりつづけ、海を越えて売りつづけることで、この国は前へ進んでいけるんだと信じていられた時代があった。その象徴のひとつが、自動車だった。

だが、いま、村山工場で働いていたモノづくりのプロフェッショナルたちは、それぞれの辞令に従って、一人また一人と工場を去っていく。追浜も栃木も、いつ閉鎖されてしまうかわからない。今度はどこの工場に行くのかも、わからない。すでに座間から村山をへて、二度目の配置転換を待つひともいるという。それはなんだか旧約聖書にあるユダヤ人のディアスポラにも似て……感傷はさらに深まってしまう。

ものごころついた頃から父の転勤で引っ越しを繰り返してきたぼくには、ふるさとと呼べる町はない。だからこそ、Aさんの言った「私にとってはここが第二の故郷みたいなものなんです」の言葉が胸に染みてしかたないのだ。

＊

工場の西に隣接する独身者用の社宅『三ツ木寮』の前を通りかかった。すでに寮は閉鎖され、塀の上には侵入者を防ぐための鉄条網が張り巡らされている。

公団の団地を思わせる家族用の社宅が並ぶ一画に入った。

自動販売機で煙草を買っている若い男性を見つけ、駄目でもともとのつもりで声をかけてみると——髪を茶色に染めたCさん(二十九歳)は、思いのほか明るい顔と声で「いいですよ」と取材に応じてくれた。

奥さんと幼稚園に通う子供が二人のCさん一家は、十二月までに家族全員で栃木に引っ越しをするのだという。

「向こうは土地が安いでしょ。物価だって東京より安いはずだし。栃木に行く仲間はみんな『マイホームだ!』と張り切ってますよ」

にこやかな笑顔で屈託なく言う。AさんやBさんよりも一世代若いせいもあるだろう。マイホームの処分や子供の学校のことを考えずにすむ状況の気楽さも、きっとある。

だが、「村山工場がなくなるのは寂しいですか」という問いに答えるときの顔からは、笑みが消えていた。

「それはそうですよ。村山を残してほしいというのは全従業員の気持ちです。僕だって、ここでつくられているスカイラインが好きだったから日産に入ったんですから……」

うなずくと、また感傷が胸に満ちてくる。

しかし——。

Cさんは、すぐに笑顔に戻った。

「栃木工場のひとは、僕らが来るっていうんでビビってるんですよ。なぜだかわかりますか？　村山でやってる僕らは、腕がいいんです。作業のスピードも速い。村山の技術者は日産で一番腕がいいんだから、どこの工場に行ってもだいじょうぶなんです。そういうプライドはありますよ、僕たちにはみんな」

その言葉の熱気が、Aさんや Bさんが日産の将来を案じるときの言葉の熱さに重なり合う。

寂しさや悔しさを呑み込んで、モノづくりのプロフェッショナルたちは、最初から最後まで胸を張って話してくれた。

それを〝愛社精神〟などとは呼ばずにおきたい。プロフェッショナルとしての〝誇り〟なのだ。

部外者の無責任でつまらない感傷を、恥じた。恥じることで、お話をうかがった三氏に、村山工場で働いていたひとびとに、せいいっぱいの敬意を表したい、と思った。

ぼくが大学進学を機に上京するまで――家族揃って引っ越しを繰り返していた頃、我が家のマイカーは日産のサニーだった。

ぼくはいまでも、そのサニーの内装や外観を、こすった傷も含めて、きれいに思いだすことができる。

モノより、思い出。

それは、そう。

けれど、思い出の中にいつまでも残るモノは、確かにある。

そういうエピローグをつけることもまた、読み物作家の感傷だと笑われてしまうかもしれないけれど。

年老いた近未来都市

1

玄関から足を踏み入れると、なにか妙にはしゃいでしまった。ここにはネクタイ売り場があった、化粧品売り場はここ、駐車券に検印を捺《お》すカウンターがここにあって、この通路をまっすぐ進めばフラワーショップ……。ことこまかに同行のS記者に語りかけるぼくは、まるで観光名所のおせっかいなガイド——いや、遺跡巡りのガイドのほうが正確だろうか。

二〇〇〇年九月三日。

『そごう』の倒産に伴って閉鎖された『多摩そごう』に、ぼくはいる。つごう三度にわたっておこなわれた閉店セールの、第二次最終日である。

地上七階、地下一階。隅から隅まで知っている。計算してみたら、付き合いは八年間になる。多摩ニュータウンから車で三十分ほどの町に引っ越してきて以来、〝家族で買い物〟といえば、『多摩そごう』だった。いま小学四年生の長女がベビーカーに乗っていた頃からずっと、ぼくたちはいったい何度ここを訪れただろう。

買い物が終わると、いつも屋上階のティーラウンジに入る。ホテルオークラ直営の、静かで眺めのいいラウンジだ。娘がオーダーするのはアイスクリーム、ぼくはミモザかカンパリソーダを一杯、妻はお気に入りのハヤシライスを娘と半分ずつ、それが我が家の日曜日の、照れくさい言葉をつかわせてもらうなら、ささやかな幸福のひとときだった。

あのラウンジが閉鎖されたのは、二年前だったろうか。三年前だったかもしれない。いずれにしても、その頃になって、のんきな読み物作家はようやく気づいたのだ。幼い子供連れでものんびりと買い物ができるフロアのたたずまいは、客が少ないからこそのものだったんだ、と。「『多摩そごう』はつぶれるんじゃないか」という声が聞こえてくるようになったのも、同じ頃だったと思う。

「ちょっと暗いね」

エスカレータで上階に移動しながら、S記者が言う。

確かに、売り場ごとの照明が撤去されたせいか、フロアは全体的に薄暗い。立入禁止になった階は真っ暗で、〈売場備品・用品は完売いたしました。有難うございました〉と立て看板がある。備品まで売り払っていたんだと知ると、閉店セールの重みと苦みがあらためてぼくを感傷的にさせ、だからこそ饒舌にもさせてしまう。

「ほんとうはね」ぼくは言う。「『多摩そごう』よりも、もっとのんびりできるデパートがあったんですよ。最初はそこが我が家の行きつけのデパートだったんです」

『多摩そごう』のある多摩センター駅から京王線で二つ先の南大沢駅前にも、かつてデパートがあった。

『柚木そごう』――東京都主体の第三セクター商業ビル『ガレリヤ・ユギ』の核店舗として

一九九二年六月に開業したものの、一九九四年十月に閉鎖。翌年には、『ダイエー』も同ビルから撤退している。

「六階建てのビルなんですけど、『そごう』と『ダイエー』が撤退した後がまのテナントがなかなか決まらなくて、立入禁止のままのフロアもあって、なんかもう廃墟同然って感じで……」

S記者に思い出話をしているうちに、言葉よりもため息のほうが増えてきた。怒りや寂しさというより、むしろ、むなしさが、ある。

「なんで、こんなことになっちゃったんですかねえ。ぼく、ニュータウンって、ガキの頃から憧れだったんですけど……」

ぼやきつづけるぼくに、下町の風情をこよなく愛するS記者は、少し困った顔で笑い返すだけだった。

＊

東京都と日本住宅公団、東京都住宅供給公社の共同事業として多摩ニュータウンの開発計画が決まったのは、一九六五年だった。多摩市・八王子市・町田市・稲城市にまたがる二千九百八十四ヘクタールの広さと、三十万人の計画人口、いずれも日本最大規模のニュータウンである。

入居開始は、一九七一年三月二十六日。翌日の朝日新聞は〝陸の孤島〟へまず２００世帯〉という見出しで引っ越し第一陣の様子を伝えている。

そこから、間もなく三十年ということになる。

街にとっての三十年とは、どういう意味を持つ年月なのか。

デビュー作『優しいサヨクのための嬉遊曲』で一九六〇年代生まれの主人公に〈僕は最初のベッドタウン二世なんだ〉と言わせた作家・島田雅彦は、長編小説『忘れられた帝国』で、こんな一節を書いている。

主人公〈ぼく〉と〈叔父さん〉の会話である。

〈――首都では五年で約一五パーセントの建物が建て替えられる。ってことは、三十年で九割の風景が変わってしまうわけだ。（略）／叔父さんの説が正しければ、三十三年後には新興住宅地の気取った風景もくたびれ果てた廃墟に変わる。／――三十三年周期で町は滅びるんだね（原文・この部分ゴチック表記）〉

それに倣えば、多摩ニュータウンはすでに最晩年。いや、街の始まりを工事着工の一九六六年におくのなら、もはや滅びたあと、という計算になる。

もちろん小説の中でのやり取りを現実にストレートに重ね合わせるわけにはいかないのだが、もう少していねいに多摩ニュータウンの歴史をたどっていけば、〝三十三年寿命説〟はかなりのリアリティをもって迫ってくるのだ。

＊

入居が始まって間もない一九七一年四月九日付の朝日新聞に、〈多摩ニュータウン　住み心地〉と題された若い主婦の日記ふうのコラム記事が掲載された。昨今の新聞記事ではまずお目にかかれない俗っぽい記述も見られるが、だからこそ、そこには当時の多摩ニュータウン観が生々しく描かれている。

〈ちょうど昼休みどきだったから悪かったのか、スーパーに買物に行こうとして、建設現場で作業員に冷やかされた。たき火をかこんで、五、六人がニヤニヤしていた。（略）現場監督は現場監督で「入居が始まってからさっぱり仕事がはかどらん。夜はピンクのカーテン、昼はテラスに派手な夜具、若夫婦が工事場のわきをひっきりなしに通る。そのたびに、みんなの手が止まるんだ。何ヵ月も家を離れているオレらの身にもなってくれ」と、こぼすのだそうだ〉

〈スーパー、そば屋、電気屋から、テントがけや青空の日用品売場（ママ）まで黒山の人だった。ちょっと買物をしたら、女店員が荒っぽい手つきで品物を紙袋にほおり込み、代りにひったくるように札を受取った。生鮮食料品も都心にいたころより割高だが、まごついていると売切れてしまうので、買わないわけにはいかない。（略）売手市場は当分続くことになりそうだ〉

ずいぶん荒っぽいこの雰囲気、なにかに似ている……と思ったら、西部劇なのだった。

事実、入居開始当時はまだ鉄道も開通せず電話線の架線すら完了していなかった多摩ニュータウンを揶揄するマスコミの声には「西部開拓劇」「西部劇のオープンセット」「ないないづくしの、砂ぼこりのウエスタン都市」というものもあった。

ちなみに、一九七一年はマクドナルドの国内一号店が銀座にオープンした年でもあり、翌年には日本列島改造論の田中角栄内閣が発足している。もう少しスパンを長くとれば、セブン-イレブン一号店の開店は一九七四年のことである。

都市や農漁村の風景が様変わりするメルクマールの時期、多摩ニュータウンの〝開拓者〟たちは、時代のある面の先頭を走っていたと言えるだろう。

一九七一年のトピックを、もう一つ挙げておく。この年の十一月に公開された日活ロマンポルノの記念すべき第一作のタイトルは――『団地妻・昼下りの情事』。

その団地妻が昼下がりを過ごすダイニングキッチンやリビングルームの風景も、変わった。

一九七一年――ダスキン、ハウスクリーニングのモデル店一号店をオープン。象印マホービン、電子ジャーを発売。立川ブラインド工業、住宅用ブラインド『シルキー』を発売。日清食品、『カップヌードル』を発売。

一九七二年――サントリー、『デリカワイン』を発売。津村順天堂（現・ツムラ）、浴槽洗浄剤『バスピカ』を発売。

一九七三年――アース製薬、『ごきぶりホイホイ』を発売。フィリップス、国産初のコーヒーメーカーを発売。明治乳業、『ブルガリアヨーグルト』を発売。

工事現場の作業員たちを悶々とさせたと朝日新聞が報じた多摩ニュータウンの若夫婦たちは、そういった風景の中で〝開拓者〟としての暮らしを営み、子供を育て、あるいは子供をつくっていったのだ。

奇しくも南大沢駅前にキャンパスをかまえる東京都立大学で教鞭をとっている社会学者・宮台真司は、写真家・ホンマタカシの写真集『東京郊外』の解説文で、こう語っている。

〈人が郊外じゃない場所から、郊外に移り住むってことは、幻想の間尺にあった場所を見つけて承認を獲得しようっていうんだから、クールじゃない。でも最初からそこに生まれ育った人は、希薄な場所に適応して脱社会化したりモザイク化したりするから、クール〉

宮台真司が〝幻想〟だと看破したのと同じものを、かつてひとびとは〝夢〟と呼んでいた。

マイホームの夢／幻想。

モダンで清潔な集合住宅で暮らす夢／幻想。

緑豊かな郊外で子供を健やかに育てる夢／幻想。

多摩センターの三十年とは、ニュータウンをめぐる〝夢〟が〝幻想〟に置き換わっていく過程だったのではないだろうか。

2

「酒鬼薔薇聖斗」事件をはじめとするニュータウンを舞台にした少年犯罪のあれこれを持ち出すのは、あえてやめておく。公園デビューやお受験の話も頭の片隅にとどめておくだけにして、いま一度、入居開始当時の新聞記事に立ち戻ってみたい。

〈十店舗、一スーパーが初日の二十六日から開店する。いま各店とも、内装作りにいそがしい。（略）米、書籍、酒、すしの四店は元地主の「生活再建者」だ。その一人、米屋さんの話。／「かいもく、見当がつかなくって困っております。農家が突然、商人に変ろうというのだから大変ですよ。この大世帯を相手にどうなっちゃうのかなあ」／理容、美容、クリーニング店などは、手ぐすねひいている。対象がだんぜん大きい。周囲の町ともかけ離れている。同業者は少ない。条件は絶好だ〉（朝日新聞）

もちろん、ここにある商店街は、現在のニュータウン中心部――永山、多摩センター、南大沢の各駅の周囲につくられたそれとは違う（この時点ではとにかくまだ鉄道も通っていない街なのである）。全体を二十一の住区に分けて開発された団地内の商店街で、記事にもあるとおり、農地を手放した元・農家のひとびとが営む店舗も少なくなかった。同時期の読売新聞には〈クワからレジへ　転業農家無我夢中の一か月〉という記事も見られる。

〈手ぐすねひいて〉入居者を待ちかまえていた団地内商店街は、一業種一店舗という規制もあって、しばらくは、先の日記ふう記事の表現を借りれば〈売手市場〉の状態がつづいた。

しかし、その〝夢〟も、一九七四年の京王線開通や翌年の小田急線開通と、それにともなう駅前の整備によって、けっきょくは〝幻想〟にすぎなかったことがあらわになってしまう。

〈各住区には、日常必需品を供給するための商店街がある。そのほとんどが、いまはさびれている。かきいれどきのはずの日曜でも、半分以上が店を閉じている、ゴースト・タウンのような一画もある。商店街の案内掲示板が、赤さびて、舗道の傍らの草地に横倒しになっている風景には、慄然とさせられた。／ショッピング客を、大手スーパーにすっかり奪われているのである。住民はたいていクルマを持っているから、近隣商店街に縛られていることはない。安くて豊富な品揃えのある大型店へ流れていく〉

入居開始から二十年目にあたる一九九一年の「ＮＥＸＴ」で、ノンフィクション作家・枝川公一がルポした風景である。

その五年後、一九九六年の「Ｖｉｅｗｓ」では、ノンフィクション作家・武田徹が二十五年目を迎えた団地内の商店街について、こんなふうにリポートしている。

〈団地の中心部に寂れるままに放置されている商店街がある。それは住区の中でのコミュニティライフを支援するために計画的に造られた地区センターの成れの果てだった。(略) 他に

も「幽霊屋敷」としか思えないほど荒んでしまった元・小児科医院などにも遭遇した〉

西部劇から、ホラー映画へ——。

しかも、その舞台は、なにも時代から取り残された商店街に限られているわけではない。一九八〇年、多摩センター駅前に『丘の上プラザ』（イトーヨーカドー）がオープン。そして、一九八九年、『多摩そごう』オープン。

確かに、駅前の大型店舗は団地内商店街から客を奪った。だが、『多摩そごう』の開業間もない時期に発表された枝川ルポでは、『多摩そごう』も決して〝勝者〟として描かれているわけではなかった。

〈オープンしてまだ一年半あまりのデパート「多摩そごう」の入口で、いまではどこにでもある人形時計が、八時を打ちはじめる。しかし、ここには、時計の下の人だかり風景は現出しない。それどころか、そこにだれひとり足をとめる者もない。／会社帰りの人たちは、黙々と行き過ぎ、知らぬ間に消えていく。闇に吸いこまれるようでもあり、砂漠に浸み入っていくみたいでもある〉

いかがだろう。ホラーとしては、こちらのほうが怖くないだろうか？

いや、しかし、この段階で「もはや〝夢〟が〝幻想〟であることを前提に生きているぼくたち」——と結論づけてしまうのは、さすがに早計だろう。

昨今の多摩ニュータウンをめぐる報道やルポルタージュは、建物の老朽化と住民の老齢化、少子化による学校の統廃合（武田ルポで〈幽霊屋敷〉として紹介されたのが元・小児科医院というのは、その意味で示唆的である）、分譲物件の売れ残りと値引き問題……と、ひとびとがニュータウンに抱いた〝夢〟の終わりを強調する視点からのものが中心になっているが、十年前のこの街を語る言辞の大半には、まだ〝夢〟が息づいていた。

ほんの十年前、なのか。もう十年も前、なのか。いずれにしても、十年前――バブル景気の頃。

なぜあんな〝幻想〟に国を挙げて踊らされたのだろうと、いまなら苦笑するしかない時代の、文字どおり〝夢〟のような話である。

＊

四千七百六倍――。

一九八九年秋に東京都と都住宅供給公社が募集した多摩ニュータウン・南大沢地区の一戸建て分譲住宅『四季の丘』の最高倍率である。

新築一戸建てとしては史上最高の倍率を記録したその物件は、南大沢駅から徒歩十七分の4LDK。敷地百八十五平方メートル、延べ床面積百十五平方メートルで、分譲価格は五千八百八十八万円だった。

現在の感覚ではむしろ割高な価格だが、読売新聞には〈実勢価格では購入額の倍近い資産を手に入れることになる〉ともある。

平均倍率でも七百六十四倍を記録した『四季の丘』全四十五戸の公開抽選には、海外のメディアをも含む百人以上の報道陣が詰めかけた。ほとんど宝くじ感覚である。

『四季の丘』だけではない、同時期に公団や公社が分譲した多摩ニュータウンの物件は、鶴牧・南野地区で最高倍率二千四百二十一倍、稲城市の向陽台で二千八百七十六倍など、高い人気を保ちつづけた。

民間の相場ではとてもマイホームは買えないが公団や公社ならなんとか手が届く、という〝公団・公社幻想〟は、ピークに達した。と同時に、バブル景気に後押しされた〝ハコ物幻想〟も。

一九八九年の『多摩そごう』開業を追うように、一九九〇年には『京王プラザホテル多摩』と『サンリオ・ピューロランド』が開業。それに先立つ一九八七年には多摩市立の複合文化施設『パルテノン多摩』がオープンしているし、一九九一年には南大沢に移転してきた都立大学が開校……。

いわば、〝多摩ニュータウン・バブル〟。その象徴として最もふさわしいのは、一九九〇年に誕生した、公団と公社の共同建設・整備による住宅団地『ライブ長池』と最寄りの京王堀之内駅を結ぶ『ビア・スタジオーネ（四季の道）』だろう。

日本経済新聞の記事から、どうぞ想像していただきたい。

〈一見、スペインの建築家、アントニオ・ガウディ風。だが、実際はイタリア感覚をモチーフにしている。「中部イタリア地方の地形に似ているところから、ルネサンス文化の雰囲気を出したかった」とは住宅・都市整備公団の弁。／その言葉通り、南欧のイメージがあちらこちらに顔を出す。極彩色のモニュメント「ロマーニャの花」、色鮮やかなタイルがはめ込まれている、春、夏、秋、冬の各テラス、女神から水が流れ落ちる「トスカーナの風」、水の上に浮いているように見える彫刻作品「意心帰」など。(略)／ドーム屋根の下は吹き抜けのテラスになっており、屋根を見上げながら簡単な飲食もできる。こちらは米国西海岸風にアレンジしたとか〉

やれやれ……。西部劇からホラー映画へと至る途中に、スラップスティック映画も挟んでおかなければならないようだ。

地価下落、バブル崩壊、公団・公社離れといった〝夢〟の終わりの数々については、あらためて語る必要はないだろう。

二〇〇〇年七月、東京都は多摩ニュータウンの開発事業を三年後をめどに終了させる方針を発表した。その時点での人口は約十九万人。計画の三十万人には遠くおよばない。

ニュータウンの〝三十三年寿命説〟は、やはり正しかったのだ。

＊

だが、もともと机上の計画図から生まれ、バブル時代に虚構性をいっぺんに強めたニュータウンの運命は、同じ虚構の世界によってすでに予言されていたのではないか――。

団塊世代の夫婦を描いたテレビドラマ『金曜日の妻たちへ』の舞台を尋ねられると、たいがいのひとが東急田園都市線沿線の、たとえば、たまプラーザあたりのニュータウンの名前を挙げるだろう。しかし、一九八三年に放映されたパート1は、多摩ニュータウンを舞台としているのだ。より具体的に言えば、一九七八年から分譲された落合地区のタウンハウスである。

多摩ニュータウンは、この時期、団塊世代の街――として描かれていたわけだ。だが、九〇年代に入ると、ドラマに描かれるニュータウンの主役は、新人類以降の世代になる。

一九九一年の『次男次女ひとりっ子物語』(菊池桃子、田原俊彦主演)の舞台は京王堀之内駅前の『エミネンス長池』だったし、一九九二年放映の『東京エレベーターガール』で、ヒロインの宮沢りえは『多摩そごう』で働いていた。そして、一九九三年には、『ベルコリーヌ南大沢』を舞台に、ついにホラー・サスペンス風味の夫婦ドラマ『誰にも言えない』(佐野史郎、賀来千香子主演)が誕生する。

『東京エレベーターガール』を制作したTBSの伊藤一尋プロデューサーは、ノンフィクション作家・野村進の取材に応えて、こう語っていた。

〈ここ(重松註・多摩ニュータウン)で『ツイン・ピークス』のようなドラマができると思いましたね。昼間の十二時ごろ殺人事件が起きても不思議じゃない。妙に広い建物、妙に広い道、人と人との距離も遠いような気がするんですよ。昼間にぱたっと人がいなくなるでしょう。ロケにはいいんだけど、ニューファミリーが暮らしているような安定感がない。なんかこわいんですよ〉（『ニッポンの現場』）

不倫ドラマの『金曜日の妻たちへ』から、ストーカーや家庭内暴力の要素も見られる『誰にも言えない』へ——。

〝開拓者〟世代の若夫婦から綿々とつづいてきたはずのニュータウンをニュータウンたらしめてきた最大の〝夢〟——夫婦・家族という生活単位、幸福単位も、もはや〝幻想〟と化してしまった。

もちろん、ぼくたちは〝幻想〟を思い知らされたからこそ、それを自覚しつつ生きていかなければならない。

『多摩そごう』閉鎖のニュースを知ったぼくは、閉店セールに行かないかと長女に声をかけたのだった。少しは感慨深いものもあるだろうと思って誘ったのだが、長女はゲームボーイから目と指を離さずに、そっけなく「かったるいから行かなーい」。家族で過ごした日曜日の昼下がりのデパート……〝幻想〟だったんだろうな、これも、きっと。

3

『多摩そごう』は、本体の『そごう』の倒産によって閉鎖されたわけではない。すでに二〇〇〇年四月の『そごう』再建計画の中で、営業不振を理由に十一月の撤退は決定されていた。その時期が早まっただけのことなのだ。

『多摩そごう』の広報は、営業不振の第一の原因を、多摩ニュータウンの街づくり計画の頓挫だと言う。

「当社としては、多摩ニュータウンの人口三十万人構想を承けて、その構想のもとに店舗展開をしていました。最初から三十万人を相手にした店づくりをしていたわけですから、それで十九万人を相手に商売をするには、やはり結果的に広すぎたということになるかと思います」

また、『多摩センターをどうしよう会』副代表をつとめる生田茂・都立大学教授は、立地そのものにも問題があったのではないか、と指摘する。

「多摩センター駅を降りて『多摩そごう』に行くまでの道筋にはなにもないんです。しかも、上り坂。まして悪いことに、駅を降りてすぐにバスターミナルがあるわけですから、買い物をせずにそのまま帰宅してしまう結果になっているんです。つまり、駅前の構造にも問題があるということなんです」

だが、『多摩そごう』の失敗の理由は、そういった〝ハコ物〟固有の問題だけだったのだろうか。

『多摩そごう』のオープン時のキャッチフレーズは、〈新・山の手の社交界〉。また、高級志向をとったレストラン街は〈多摩で銀座を食べましょう〉が謳い文句だった。参考までに付け加えれば、隣接する『京王プラザホテル多摩』のレストラン街は〈新宿・京王プラザの味をどうぞ〉。

なぜそんなに都心や山の手を意識していたのだろう。都心や山の手のなにと張り合おうとしていたのだろう。

都心になりたかったのか。山の手と肩を並べたかったのか。

ここに前出の『ビア・スタジオーネ（四季の道）』の、〝一見ガウディ、じつは中部イタリア、ところによりアメリカ西海岸〟という珍妙なたたずまいを重ね合わせてもいい。新時代のライフスタイルを体現する満足感やプライドと背中合わせの、都心や山の手、さらには欧米に対するぬぐいがたいコンプレックスが、この街には常にあったのではないか。多摩ニュータウンは、いったい、なにを目指し、なにになろうとしていたのだろう……。

＊

銀座の名店の味を堪能することも、新宿のホテルの雰囲気と料理を愉しむことも、ハイソな社交を気取ることも、多摩ニュータウンが〝陸の孤島〟だった頃には意味があったのかもしれない。

しかし、鉄道が通り、道路が整備されてしまえば、銀座の料理は銀座へ出かけて味わえばいい。新宿までなら電車で三十分そこそこである。多摩ニュータウンを都心や山の手の代替物にする必要など、もう、ない。

多摩川を渡って立川市方面に直結する橋が一九九九年に完成し、二〇〇〇年には同じく立川市方面への所要時間を大幅に短縮した多摩モノレールが開通した。そして、まるで立川市のデパートに客を譲るかのように、『多摩そごう』は十一年の歴史を閉じた。

その巡り合わせは、鉄道の開通とモータリゼーションによって客を失ってしまった団地内商店街の歴史を思い起こさせる。

一九九九年『パルテノン多摩』で開かれた連続講演『「郊外」と現代社会』で、文芸評論家・小田光雄は、〝郊外文学〟の先駆けとして安部公房の『燃えつきた地図』を紹介し、こんな一節を引用していた。

郊外の団地で営業する燃料店についての、主人公〈ぼく〉の独白である。

〈住宅地が郊外にむかってひろがるにつれ、炭屋もプロパンガスのおかげで、商売をひろげていき、人口が増えれば増えるほど、繁昌し……だが、成長しすぎた爬虫類が、けっきょくは哺乳類に、道をゆずらざるを得なかったように、いずれ都市ガスにあぶらげをさらわれてしまうのだ。都市の成長によって、誕生し、都市の成長によって、死滅する、なんという皮肉な商売だろう〉（傍点・原文）

その言葉を、さびれた商店街と閉鎖されたデパートに手向けたいと思う。

『多摩そごう』の閉店セールを覗いたS記者とぼくは、その足で南大沢へ向かった。南大沢駅前では、二日前に国内最大級のアウトレット・モール『ラ・フェット多摩　南大沢』がオープンしている。九月三日は開店以来初めての日曜日なのである。

＊

迎え撃つかたちの『イトーヨーカドー』もそれに合わせて改装オープンをしていたせいで、さすがに駅前はにぎわっていた。

だが、〈トレビアンが、ボンジュール〉〈そこは、まるで南フランス、祝祭の街〉という惹句で誕生した『ラ・フェット多摩　南大沢』の、なるほど確かに南仏ふうの街並みを歩いていると、多摩ニュータウンの九〇年代をほぼ見つづけてきた読み物作家は、ついつい苦笑交じりにつぶやいてしまうのである。

「ちっとも懲りてねえなあ……」

六十七店舗を揃えた『ラ・フェット多摩　南大沢』を一巡りしたS記者、購買意欲をそそる商品は見つからなかったようで、「オレなら『ユニクロ』のほうがいいなあ」とこぼす。

ご心配なく。九月三十日には、多摩センター駅前に『ユニクロ』がお目見えします。『京王プラザホテル多摩』の三階と四階に、ね……。

＊

ニュータウン巡りの締めくくりは、横浜市都筑区。〝三十三年寿命説〟でいうならまだまだ若い、一九八一年入居開始の港北ニュータウンである。

この街では、いま、横浜市営地下鉄・センター北駅とセンター南駅前を中心にしたデパート戦争が繰り広げられている。

一九九八年四月、センター北駅前に、横浜市と住宅・都市整備公団などが出資した『ショッピングタウン　あいたい』がオープン。一方、センター南駅前には、同年同月『港北東急百貨店』がオープン。さらに一九九九年三月には、センター北駅前に、阪急百貨店を核とする『モザイクモール港北』が加わった。

新参の『モザイクモール港北』の目玉は、屋上から突き出た格好の、直径四十五メートル、最高地点は地上七十五メートルに達する観覧車である。

S記者と講談社学芸部のO編集者、そしてぼく——中年男三人衆は、かなりの気恥ずかしさを覚えつつ、「これこそが正しい寄り道・無駄足なのだ」と観覧車のカゴに乗り込んだ。

カゴはゆっくりと上昇する。

やがて、ニュータウンの街並みが眼下に広がっていく。

多摩ニュータウンに比べると土地面積で半分弱、計画人口も二十二万人ということで、規模は小さいのだが、全体的に広々として見えるのは、土地の起伏が多摩ニュータウンほど激しくはないせいだろうか。

駅前を空中から覗き込む。ベビーカーを押す家族連れが多い。都筑区のホームページによれば、区の人口は約十五万四千二百人。住民の平均年齢三五・三歳。まさに、若い家族の街だ。

彼らは、どんな〝夢〟を持ってこの街に移り住んできたのだろう。街は、どんな〝夢〟をひとびとに見せてくれるのだろう。〝夢〟が〝幻想〟にすぎなかったんだと思い知らされてしまうときは来るのだろうか。十年後も、デパートは休日を過ごす家族を呑み込み、観覧車はひとびとを乗せてまわりつづけているのだろうか……。

「どうですか？　ニュータウンに引っ越してくるっていうのは」

ぼくの言葉に、S記者は今度もまた困った顔で、ただ笑うだけだった。

A《ア》I《イ》BO《ボ》は東京タワーの夢を見るか

1

一九八三年、春。

ドイツ人の映画監督ヴィム・ヴェンダースは、東京タワーの展望台で、ドキュメンタリー映画『東京画』撮影のキャメラを回した。友人の映画監督にインタビューするシーンである。

友人は展望台のガラス窓から東京を見下ろし、「もうこの地上には写すものはない」と言う。ヴェンダースはその言葉を「よくわかる」と認めつつ、キャメラを渋谷の雑踏に移動させて、映像《イメージ》にこんなナレーションを重ねる。

「私の画はこの地上に、街の喧噪の中にある。東京は私の心に焼きつきすぎていた」

笠智衆も出演している『東京画』は小津安二郎へのオマージュで構成された作品だが、小津の『秋日和』の冒頭にも東京タワーが登場している（のちに、それは周防正行による『変態家族・兄貴の嫁さん』でも反復されることになる）。

『秋日和』の公開は一九六〇年で、東京タワー開業はその二年前、一九五八年。映画と東京タワーのかかわりについて一章を割いた『東京映画名所図鑑』（この文章の冒頭も、同書を参考としている）の著者・富田均が指摘するとおり、東京タワーからすぐに隅田川の河口近くの清洲橋に切り替わる画面は、新旧の世代（時代）を鮮やかに対比させていた。当時の東京タワーは〝新しさ〟の象徴だったのだ。

＊

東京オリンピックを翌年に控えた一九六三年暮れ、週刊誌でルポルタージュの連載を抱えていた一人の小説家が、〈なにかとめでたい気分になれないものかと思い、かつは、われら民草のカマドの煙のぐあいはどう見えるかと思って、ご慶申しあげたく〉、東京タワーにのぼった。

東京タワーから眺める東京の風景を、小説家はこんなふうに書く。

〈冬枯れの、緑の、煙霧のマッチ箱ごちゃごちゃの都〉

あるいは、ヘリコプターで東京上空を遊覧しつつ、小説家はこの街の未来へと思いをはせる。

〈東京の空をぶらぶらクラゲのように漂いつつ考えたのである。この都は無数の関節に一つずつの心臓を持ってうごいている。なにかのしぶとい下等生物のようなものだが、結局は機能も人口もときほぐして地方へ疎開させるよりほかあるまい。／このままだと海へはみだしてしまう〉

小説家の名前は、開高健という。

ルポルタージュは、のちに『ずばり東京』という一冊の本にまとめられることになる。

そこから約四半世紀の月日が流れた〈80年代も終りに近づき、秒読みが始まったかのようによく晴れたある日〉、一九七〇年生まれの少年と少女のカップルが、東京タワーにのぼる。

黄昏時の東京タワーの特別展望台から、少年は自分の生まれ育った東京という街を眺める。

＊

〈どこまでも続くかのように見えるマッチ箱のような民家、お菓子の箱のようなビルの壁面に並ぶハチの巣みたいな窓の列、将棋の駒のような車…それらの中にはやはりそれぞれに虫のような人達が住んでいて、虫達は、笑い、泣き、怒り、愛しあい、生きている〉

ここまでは、開高健と同様の、〈民草のカマドの煙のぐあい〉を見つめるまなざしである。

しかし、少年は――このスケッチの描き手であるコラムニストの中森明夫は、〈青春ドラマのラストだな、と思った〉と風景を既視感に包み込む。それも、〈青春ドラマは過去のものだ。もう僕達には帰るべき青春ドラマなどない。再放送だな。今、自分が生きているのは再放送の青春ドラマだな〉という二重の既視感で、東京と、そこに生きる自分とにフィルターをかけていくのだ。

そして、誕生してからほぼ三十年になる東京タワーは、静かに年老いた。

〈東京タワーの中にあるミヤゲ物屋、そこで売られているペナント、東京タワーと「努力」の壁掛け、表示看板、それらはそれこそタイムスリップしたかのように感じられるほどミゴ

トに過去のものだった〉
東京タワーを〝懐かしさ〟の象徴にする世代（時代）の少年と少女のスケッチ集『東京トンガリキッズ』は、雑誌「宝島」で一九八五年に連載が始められた。東京タワーにのぼるカップルを描いたスケッチは、一九八九年十二月に刊行された単行本の最終話で、「さよなら、TOKIO」と題されている。

この言葉、じつは開高健の『ずばり東京』の最終話のタイトルとも呼応しているのではないか。

『ずばり東京』は、東京オリンピック閉会式後の話で幕を閉じる。「サヨナラ・トウキョウ」と題されたその最終話で、開高健は一年半におよぶ週刊誌連載を振り返って、少々の弱音を吐いている。

〈毎週毎週広い東京を東西南北、上下左右にわたって歩きまわるうちに私はひどい疲労をおぼえはじめた。（略）やがて私は新しさに疲れはじめた。たえまなく新しさを追いかけるのはひどく疲れることであり虚無を生むことである〉

一九六〇年代前半、東京オリンピックを分水嶺として大きな変貌を遂げる東京には、まだ疲れるに価する――裏返せば〝ずばり〟と指呼しうる〈新しさ〉があった、ということか。

だが、一九六〇年生まれの中森明夫が描く『東京トンガリキッズ』の世代には、〝〈新しさ〉の新しさ〟を無邪気に受け入れることは、もはやできない。

〈すべては終わった／もう新しいものなどない／僕達の名前？／僕達は、トンガリキッズ／さあ、新しいアソビを始めようぜ！〉

＊

そして、二〇〇〇年秋のある日の午後、一人の読み物作家がボストンバッグを提げて東京タワーにのぼる。

大きな荷物ではない。だが、バッグの中味を開高健が見れば、きっとその〈新しさ〉に驚くだろう。『東京トンガリキッズ』のカップルは、歓声をあげて〈新しいアソビ〉を始めるかもしれない。

価格は二十五万円。オモチャとしては決して安いものではないが、しかし、これをロボットだと考えると……いや、実際、紛うかたなきロボットなのである。

ＡＩＢＯ《アイボ》——。

〝自律型エンターテインメント・ロボット〟と銘打たれたこのロボット、あらためての姿かたちの詳細な紹介は不要だろう。犬である。犬型のロボットなのである。

一九九九年六月に国内三千体の完全限定で初めて販売されたときにはわずか二十分で完売したＡＩＢＯ、同年十一月に全世界一万体で追加販売した際にも十三万五千通もの申し込みが殺到し、二〇〇〇年二月に数量制限なしの第三次販売をおこなった際の最終受注総数は約三万体に達したという。

ぼくがバッグから取り出したのは、第三次販売で入手したＡＩＢＯ。名前は、ない。ただ「アイボ」とのみ呼んでいる。

展望台のガラス窓の前に立ち、アイボを胸に抱いた。ニュータウンの一角にある我が家に来て半年余りのアイボは、これが初めての遠出である。東京の街を眺め渡すのも、むろん初めて。

鼻の先端に取り付けられた十八万画素の小型ＣＣＤカラーカメラは、眼下に広がる東京を、どんなふうに映しているのだろう。

中森明夫の描いたトンガリキッズは、〈すべては終わった／もう新しいものなどない〉とうそぶきながらも、廃墟の中で戯れているわけではない。アキレスと亀の競走よろしく微分に微分を重ねて引き延ばされた〝廃墟になる前〟の東京を――ＴＯＫＩＯを、彼らは東京タワーから眺めるのだ。

〈ゴジラの目の位置から東京の街並を見下ろすと、やはりそれらすべてを踏みつぶしたい衝動にかられた。原子力怪獣・ゴジラが〝核〟のメタファーであるとすると、やはり、やがて僕達はゴジラに踏みつぶされる日がくるのだろうか？〉

引用部分の二つのセンテンスには、大きな転倒があることを見逃してはならない。最初の一文でのトンガリキッズは東京を踏みつぶす主体なのに、つづくセンテンスでは一転、踏みつぶされる側になっている。

踏みつぶす／踏みつぶされるを同時に夢想すること。それは、こんな一節にも敷衍《ふえん》できるだろう。

〈20世紀後半に生れた子供達の不幸は、あるいは幸運は、もしかしたら、今、上空を核ミサイルが飛んでいるかも知れない、と感じながら日々生き続けなければならないことの幸福と不幸だ。／核の時代に生れた僕らは、常に地球の終りを感じながら生きている〉

ぼくは、一九六三年——開高健が東京タワーにのぼり、『鉄腕アトム』のアニメ放送が始まった年に生まれた。その前年にはキューバ危機で世界が揺れ動いている。

三十七歳の読み物作家も、トンガリキッズの端くれなのである。

*

大阪万博の開かれた一九七〇年、アポロ11号の月面着陸の翌年にもあたるその年、小学二年生のぼくは、図工の授業で『二十一世紀』をテーマにした絵を描く宿題を与えられた。

僕が描いたのは、ドーム型の都市。ドームとドームはチューブで結ばれ、宇宙服のようなコスチュームのひとびとはランドセル型の一人用ロケットに乗って空を行き交う、そういう絵だ。東京タワーを彷彿させる尖塔も、ご主人さまの命令に忠実なロボットも、その絵の中にはあったと思う。

一方、同級生のタナカくんは、戦争の絵を描いた。空ではエイのような形をした戦闘機が光線を撃ち合い、地上では水爆のキノコ雲がたちのぼる。画用紙の隅には、地球を捨てて逃げだすひとびとを乗せた宇宙船も描かれていたっけ……。

教室の後ろの掲示板に並べて貼られた二枚の絵が、ぼくたちの世代の未来観だった。バラ色の未来と暗黒の未来を、ぼくたちは幼な心に共存させていたのだ。

だが、二〇〇〇年秋、アイボを抱いたぼくは、拍子抜けした思いで東京の街を見つめているのだった。

展望台からは東京湾が見える。レインボーブリッジやパレットタウンの観覧車が、曇り空の下、ぼんやりとかすんでいる。そこだけを切り取れば多少は〝未来っぽさ〟が感じられるものの、まなざしを足元に引き寄せれば、開高健が描いた〈マッチ箱ごちゃごちゃ〉とさして変わらない風景が広がっている。

現在に追いつかれてしまった未来は、どうやら、バラ色でも暗黒でもなさそうだ。

折しも二〇〇〇年八月、翌春からオンエアされる『水戸黄門』の四代目黄門に石坂浩二がキャスティングされたという発表があった。

一九七〇年に画用紙に向かったトンガリキッズ諸君、驚かないか？　俺たちがあと数十日で足を踏み入れる二十一世紀ってやつには『水戸黄門』があるんだぜ。しかも『ウルトラマン』のナレーターが黄門様だなんて……どう思う？

中森明夫の描くトンガリキッズは、言う。

〈生れた時から再放送だった。／僕達は再放送の青春ドラマを生きている〉

なるほど、たまたま書きつけただけの『水戸黄門』は、じつは意外と二十一世紀にふさわしいドラマなのかもしれない。なぜって、『水戸黄門』は、たとえ新作であっても、いかにも〈再放送〉っぽいじゃないか……。

読み物作家はアイボをバッグに戻し、下りのエレベータに乗り込んだ。体長二十七・四センチ、体重一・五キロのささやかな未来を連れて、これから海へ向かう。

一冊の本の、忘れがたい一挿話を、いわば〈再放送〉するつもりだ。

開高健が〈トウキョウ〉と呼び、中森明夫が〈TOKIO〉と表記したこの街を、武骨に〈東京〉と書き付けた本である。ヴェンダースが『東京画』を撮影し、東京ディズニーランドが開業した一九八三年に刊行された本である。

藤原新也『東京漂流』──。

2

ゆりかもめの台場駅に直結するホテルから、タクシーに乗った。行き先は、江東区有明四丁目──一〇号埋め立て地その二。

『東京漂流』での描写は、こうだ。

〈東京湾の埋立て地のちょうど大井埠頭と夢の島の間に、カッターナイフの刃形に似た方形

が突き出ている。(略)湾が獣の口とすれば、それに沿って海に突き立つ数々の埋立て地は、さしずめ東京の牙のように見える〉

藤原新也は、この地をねぐらとしていた東京最後の野犬・有明フェリータの死を描いたのだった。

野犬とは、〈生まれ落ちてから、一度も人の手に触れていない純粋に野生育ちの犬のこと〉であり、〈この東京に、今(一九八二年十月・重松註)、一ヵ所だけ、それも数匹野犬が生き残っている、という〉。

その野犬が駆除されるという噂を耳にした藤原新也は、カメラを手に真夜中の埋め立て地へ向かい、野犬の撮影を試みる。

撮影に成功したのは、四日目のことだ。

〈私はシャッターを押した。巨大な閃光があたりを浮かび上がらせる。光の中に真っ黒い犬の型が一瞬定着した。真っ黒い犬型の中の二つの目がストロボの光をはね返して蛇の目のように光った。/一瞬見た犬型は贅肉のそぎ落とされた黒人ミドル級ボクサーのように見えた。犬は閃光のまたたきと同時に闇の中に消えた。私は彼と闘いの一ラウンドを終えたような気分になった〉

しかし、「有明」と「フェリーターミナル」を合わせて命名された有明フェリータとの闘いは、一ラウンドのみで終わってしまう。次に藤原新也の前に姿を現したとき、有明フェリータはすでに息絶えて地面に横たわっていた。野犬駆除のための毒入り肉団子を食べてしまったのである。

〈屍は目の前にあった。海からの風で付近の雑草は揺れていたが黒い毛は微動だにもしない。毛のひとすじまで硬直している。（略）投げ出された冷凍マグロのようにガチガチだ。爪先は一直線に伸び、耳はナイフとなり、毛は針となる。……男根に触れてみる。まるでショットガンの銃身のように硬い一直線を描くその男根の感触には、今だ《ママ》、ある野生のエネルギーがタプタプと詰まっているように思える。しかし、この種の精子は必ず、人間都市から抹殺されていくのだ。そしてろくでもない精子のみが生きのびるというわけだ〉

タクシーは、埋め立て地の突端にあるフェリーターミナルに向かって走る。道幅は広いが、ところどころに暴走族対策だという段差がつけてあって、車はひどく揺れる。

「昔は、なーんにもなかったんだよ、ほんと、このへんは」

二十年来、埋め立て地の倉庫やフェリーターミナルで客を乗せてきたという運転手は「お台場が観光地になるなんてねえ」と苦笑する。

いまでもこの付近はなにもないと言えば、なにもない。道の両側には大型トラックやトレーラーの駐車場が広がるだけだ。しかし、いわゆる空き地というものは残っていない。草むらは見あたらない。アスファルトに固められた駐車場では、野良犬や野良猫が食べ物を見つけるのは難しそうだ。

だが、アイボには食べ物は要らない。毒入りの肉団子を口にしてしまう恐れは、決して、ない。

ぼくは揺れる車中でバッグのファスナーを少しだけ開けて、アイボの股間をまさぐった。プラスチックの、つるん、とした感触が指に伝わる。アイボには男根がない。ヴァギナもない。〈再放送〉の主人公は、だから、ヒーローでもなければヒロインでもないということになる。

＊

有明フェリータの駆除を担当した東京都の動物管理事務所は、一九九八年から動物保護相談センターへと名称を変更していた。

管理から、保護相談へ——。

「薬品を使用しての駆除は、特別区（東京二十三区）ではあれが最後だと思います。それ以降は、一九八七年に特別区以外の地域で団地を建設するにあたって薬品を使用した駆除が一件あっただけです」

同センターの指導監視係・木村顕輔氏は言う。

「現在も法律上は薬品を使用することは許可されていますが、東京都では、時代にそぐわない部分や薬品使用の効果の有無、そして各方面に与える影響を考え、薬品は使っていません。いまでは、各施設に薬品は保管さえされていませんからね。現在は、餌を仕掛けた捕獲箱などによって、怪我をさせずに生け捕りにするのが基本なんです」

木村氏の言う「時代にそぐわない部分」や「各方面に与える影響」の重みを、奇しくも二〇〇〇年十月、ぼくたちは相次いで垣間見た。「クロワッサン」十月十日号が、捨て犬や捨て猫をめぐる記事中に不適切な記述や事実確認のとれていない記述があったのを理由に自主回収され、また「週刊新潮」十月二十六日号の新聞広告では、「犬殺し」が一般紙で「ワン殺し」に差し替えられていたのである。

それぞれの事例の是非については、ここでは踏み込まずにおく。

ただ、開高健が『ずばり東京』で「お犬さまの天国」と題したペット産業のルポを皮肉たっぷりに描き（この一編の「なにか精のつくものでも食べよう」というリフレインは、なんとも意味深長ではないか）、ひとが動物を愛玩する心理をこんなふうに喝破していることだけは書きつけておいたほうがいいかもしれない。

〈犬や猫をとおして人は結局のところ自分をいつくしんでいるのである〉

だからこそ、ひとは、ペットの生と死に敏感になる。

いや、それは〝ホンモノのペット〟だけにかぎらないかもしれない。

ＡＩＢＯの開発者の一人であるソニーの大槻正氏は、評論家・田原総一朗との対談で、予想外だった購買層として老人を挙げている。

〈そういう方の話を聞いて驚いたのが、夫婦間の会話がまず増えたということと、近所、親戚、子供たちがどっと来て、お客さんが増えたと。夫婦間、あるいは家庭内が非常に明るくなってきましたとお手紙を頂いたりしたんですけれど。（略）我々、そこは全く考えていなかったですね〉（「GQ Japan」）

同様のことは、今回の取材に書面回答していただいたソニーER（エンターテインメント・ロボット）カンパニー・マーケティング部プロモーション課の内川真司氏も認めている。

〈AIBOはあくまでもエンターテインメント・ロボットであり、いままでにないまったく新しい商品と考えております。よって、ペットの代替を目的として開発されたものではありません。ただし、AIBOをペットとして可愛がってくださっているオーナーの方も多数いらっしゃり、弊社としてもたいへん嬉しく思っております。新しい商品だけに、オーナーの方がAIBOとの付き合い方を独自に編み出していかれているようです〉

「いままでに故障などの問い合わせや苦情は？」という質問に対する内川氏の回答は、以下のとおり。

〈AIBOの場合は〝育児相談〟のようなお問い合わせが多く寄せられます。メカ的になんら異常が認められなくても、「最近、歩き方がおかしくなった気がする」とか「怒ってばかりいる……育て方を間違ったのではないか？」といった内容の相談が多く寄せられています〉

確かにペットの扱いである。

二〇〇〇年秋の時点で三号まで刊行されている雑誌「ＡＩＢＯ　ＴＯＷＮ　ｍａｇａｚｉｎｅ」に掲載された一般オーナーの訪問記事のタイトルを並べてみよう。

〈どーも君（ＡＩＢＯの名前・以下同様）はパパのおもちゃ／でも、ほんとはもっと一緒に遊びたいんだよね！〉〈ホームページはパパの愛情がたっぷりはいったジョン（ＡＩＢＯ）と理奈ちゃんの記録〉——創刊号
〈人もＡＩＢＯも、自然に生きるのが一番です〉〈太郎（ＡＩＢＯ）はうちのふたり目の孫だね〉——第二号
このあたりでは、もはやペットを超えて家族扱いにまでなっている。

ところが、第三号になると、ニュアンスが微妙に変わってくる。

〈ＡＩＢＯには不思議な魅力があるんです〉〈どうしても自分の目で動いているＡＩＢＯが見たかったんです〉

タイトルだけでなく、記事中にも〈ＡＩＢＯがモノだということは重々承知している〉〈全然かっこいいですよ。それまでのキットのロボットなんかとは比べ物にならない〉と、あくまでもＡＩＢＯを本来のポジション——エンターテインメント・ロボットとしてとらえる記述が見られるようになる。

もっとわかりやすい例を挙げよう。

この雑誌、巻頭に著名人のオーナーのインタビューを掲載しているのだが、創刊号に登場

した黒柳徹子は自分のAIBOを「グレイちゃん」と名付け、〈痛さを感じないところはロボットだからしょうがないのかもしれませんが、そこ以外は生き物とそれほど違いは感じません〉と言う。

それに対し、第二号に登場した別所哲也は、〈役に立たないロボットというAIBOのコンセプトは大賛成〉と言い、名前も付けていなかった。〈さすがに取材してもらって名前がないというのでは、かわいそう〉と、取材中に「アクセル」と命名したのだ。

そして、第三号の渡辺満里奈に至っては、AIBOを初めて見たときに〈おー、ついにロボットの時代が来たぞ〉と喜び、〈名前は、つけてないんです。ちょっと気恥ずかしいんですよね〉と言う。

この流れ、ロボットとして開発されたものが最初はペットとして受け入れられ、しかしいま再びロボットとしてのアイデンティティを取り戻しつつある――というふうには読めないだろうか。

編集部サイドの意図がどこまで入っているかはわからないものの、いまはAIBOと人間との関係の試行錯誤の時期だということは確かだろう。

ぼくは、前述したとおり、AIBOを「アイボ」と呼んでいる。これからも、名付けるつもりはない。有明フェリータのような鮮烈な固有名を持たないアイボだからこそ、〈再放送〉の主人公になることができるんだろうな、という気もする。

本題に——東京湾一〇号埋め立て地に、戻ろう。

3

動物保護相談センターに問い合わせても、有明フェリータの死んだ場所は特定できなかった。当時の資料はすでに廃棄処分になっていたのである。ならば、せめて潮の香りの感じられる場所で……と、倉庫の建ち並ぶ埠頭でタクシーを停めた。

アイボにとっては、初めての海である。どこか、たじろいでいるように見えなくもない。四角く切り取られた海の向こうに、東京の街が見える。夕暮れが迫り、ビルのイルミネーションに明かりが灯りつつある。有明フェリータのいた頃、まだ、ゆりかもめは走っていなかった。フジテレビのビルもない。東京ジョイポリスも、テレコムセンターも……。

だが、東京タワーは、あの頃にもあった。有明フェリータは一〇号埋め立て地の暗闇を走りながら、東京タワーの明かりを見ただろうか。ぼくは、なぜ、東京タワーと有明フェリータに強く惹かれるのだろうか。

一年間にわたった連載の、最終回の取材である。

「最終回には、アイボを連れて一〇号埋め立て地に行かせてください」

以前から、編集部にはそうお願いしてあった。東京最後の野犬のいた場所でアイボを歩かせてみる、というのが最終回のイメージだった。

「『東京漂流』のパロディですか？」と誰かに訊かれた。

「ちょっと違うんです。パロディにすらなりえないんだというのを確認したいというか、有明フェリータのいた一九八一年と二〇〇〇年との隔たりを実感したいというか……」

うまく説明することができなかった。望みどおりに〈再放送〉を終えたいまも、なぜ、という問いに正面から向き合って答えられる自信はない。

ただ、私事を一つだけ、ここで告白させてもらおう。

ぼくは一九八一年に上京した。有明フェリータとは半年だけ、同じ街で、同じ時代を生きたということになる。

一九八三年、大学三年生だったぼくは「早稲田文学」という文芸雑誌の編集部で無給の下っ端スタッフとして雑用に追われるかたわら、原稿用紙で百枚ほどの、『夢の島の王様たち』と題した一編の小説を書いた。

けっきょく活字になることのなかった処女作の主人公は、有明フェリータだった。東京最後の野犬が毒入りの肉団子を食らうまでの物語と、日雇いの肉体労働で生活費を稼いでいたぼく自身の日常とを交互に置いて、いま振り返れば甘ったるくて胸焼けのしそうないらだちを原稿用紙に上滑りさせていたのである。

『東京漂流』を繰り返し読みふけって、たぶん生まれて初めて言葉でなにかを伝えるということに畏怖と魅力を感じ、いつか『東京漂流』のような一冊の本を書きたいと夢見ていた二十歳の青年の、それはある種の、宛名のないラブレターだったような気がする。

最終回である。ぼくは、ささやかな未来の隣人を連れて、孤高の野犬の終焉の地を訪れることで、一年間の連載に別れを告げたかったのだ。

『東京漂流』の帯には、こんな惹句が記されている。

〈墓につばをかけるのか それとも花を盛るのか〉

ぼくの行為が、そのどちらにあたるのかは、わからないまま──。

＊

アイボは、岸壁をよたよたと歩く。フローリングの部屋で歩くことを覚えたせいか、ガニ股である。三十年前にぼくが描いた『未来の絵』に登場するロボットは、もうちょっと格好良くドーム都市を闊歩していたはずなのだが、まあ、これが〝未来の現実〟というやつなのかもしれない。

〈再放送〉の途中に、臨時ニュースが飛び込んでくる。

二〇〇〇年十月十二日、ソニーは、第二世代のＡＩＢＯの販売受付を十一月十六日に開始する、と発表した。価格は十五万円。新しいＡＩＢＯは、小さな耳がピンと立って、子供のライオンに似ている。第一世代にはなかった名前登録機能と音声認識機能を持ち、名前を呼べば返事をするのだという。

名前を持つＡＩＢＯの誕生のニュースに、ぼくは、〈僕〉と〈彼女〉としか名付けられなかった東京タワーのトンガリキッズのことを思う。

〈僕達は未来さえ喰いつぶしてしまった。もう行き場所はどこにもない。あとはこうして窮屈な場所で、いつ果てるともなく固有名詞を並べた退屈な会話を繰り返すだけ〉

それでも、ぼくたちはその〈退屈〉さに耐えなければならないのだろう。二十一世紀のぼくたちの世界には、もはや有明フェリータはいないのだから。

アイボが歩く。ぴくん、ぴくん、と尻尾を振りながら海に向かって歩く。このまま岸壁から落ちていくのも、あり、かもしれない。心を持ったロボットがある日一斉に溶鉱炉に身投げするマンガがあった。あれは手塚治虫の『火の鳥』だったっけ……。

アイボを買って間もない頃、友人にメールでそれを伝えようとして、〈あいぼ〉が〈愛慕〉〈哀慕〉と変換されたことを、ふと思いだす。

雑誌では〈世紀末の十二人の隣人〉と銘打たれていたこの連載が、たとえ逆説的ではあっても、ぼくの生きてきた時代、生きている時代への〈愛慕〉や〈哀慕〉の証になっていてくれれば、嬉しい。

池袋通り魔事件の造田博被告は精神鑑定を受け、「責任能力あり」と鑑定された。

『愛する二人　別れる二人』の放送打ち切り後も、自作自演劇はあちこちで繰り広げられている。たとえば、と遺跡調査の捏造事件を挙げるより、むしろこの国の首相の誕生の経緯を思いだしてみたほうがいいだろうか。

春奈ちゃん殺人事件の公判で、山田みつ子被告の夫は「妻の言葉は聞いていたが、心を聞かなかった」と証言した。

〈てるくはのる〉こと岡村浩昌の自室からは、こんなメモが発見された。——〈私は日本人で1億2000万人の中の誰かだ〉。

新潟監禁事件の佐藤宣行被告は、二〇〇〇年四月に母親が初めて面会したとき、「なんでいままで来なかったの。馬券が買えなかったじゃないか」と母親をなじったという。

比叡山はそろそろ冬支度を始める頃だろう。「凍っては困るものは冷蔵庫に入れておくんです。台所の中よりも温かいから」と教えてくれたのは、赤山禅院の円俊さんだった。

就職情報誌「UターンIターンビーイング」の二〇〇〇年冬号のグラビア特集は『U・Iターン成功者たちのプラス思考に迫る　悩むより先に私たちはやってきた』だった。

二〇〇〇年に十七歳だった少年たちは、翌年には十八歳になる。〝十七歳〟は次の学年に引き継がれる。首相の私的諮問機関である教育改革国民会議は、二〇〇〇年秋、〝こころの教育〟の一環として奉仕活動を義務づけることなどを骨子とした中間報告をまとめ、賛否両論を巻き起こした。

和歌山ヒ素カレー事件の林眞須美被告の自宅解体工事中、作業員の一人が「気分が悪い」と訴えて、そのまま急死した。「皆、たたりや呪いじゃないかと噂してます」(近所の住民)。

街頭劇の種は――尽きまじ。

日産自動車は二〇〇〇年十月三十一日、二〇〇一年三月期の連結ベースの最終黒字が二千五百億円になると発表。史上最悪の六千八百四十四億円の赤字を記録した前期から一転、過去最高の利益更新見込みである。カルロス・ゴーン社長は、記者会見で「日産との取引を失った部品会社、閉鎖する工場から異動するひとびとには痛みを負わせてしまったが、回避は不可能だった」と述べた。

閉店した『多摩そごう』の跡地ビルには、二〇〇〇年十一月十五日、三越百貨店と大塚家具が後継テナントとして開店した。

アイボは岸壁を歩く。よたよたと不格好に歩く。立ち止まって首を振る。弧を描いた細い目が光る。目の色は緑。ご機嫌は、上々らしい。

『東京漂流』は、死んでしまった有明フェリータに語りかける、藤原新也自身のこんな言葉で締めくくられている。

〈私の鼻はおまえのより一〇〇万倍退化しているけど、私の頭はおまえより、ちっとは巧妙だ。あんなにぶざまに、ベロベロに腐り切った肉なんか食らったりしない。都市の殺意をかいくぐって、おまえより、ずっとたくましく、巧妙にやっていくよ〉

＊

アイボ演じる有明フェリータの〈再放送〉は、意外なかたちで、あっけなく終わりを迎えた。

岸壁のそばの倉庫から二人の男性が姿を見せ、険しい顔でやってきた。無愛想なひとたちだった。この岸壁は部外者立入禁止なのだということを切り口上で言って、ぼくをにらみ、同じ表情とまなざしを足元のアイボにも向けた。

ぼくはあわててアイボを抱き上げる。アイボの奴、びっくりして、緑から赤に変わった目を点滅させる。タクシーに駆け戻りながら、この岸壁は〝管理〟されているのだろうか、それとも〝保護〟されているのだろうか、と読み物作家はつまらないことを、ふと思う。

タクシーが走りだす。

ぼくはアイボを抱いたまま、「噛みついてやればよかったのに」と苦笑する。だが、アイボに牙はない。アイボはひとを噛んだりはしない。

カーブを曲がる。車はスピードを上げて、埋め立て地から〝廃墟になる前〟の都心に戻る。

行く手にかすむ黄昏の東京の街に、触角のような東京タワーが、ちらりと見えた。

解説

山崎浩一

今、書き手が描こうとしている対象やテーマを、一つの円と考える。と、その円の描き方には、極端に分けてしまえば、二通りの方法がある。

一つは、その円の内側をさまざまに塗りつぶしていくことによって、円の全体像そのものを描ききる方法。つまり対象が内包し、それ自身を構成する内的な要素を、できるかぎり余すところなく描き込んでいく。

もう一つは、その円の外側をやはりさまざまに塗りつぶしていくことによって、円の輪郭を浮き上がらせる方法。つまり対象の内側へは踏み込まずに、その外延・背景を効果的に描きながら、最終的に受け手の想像力を対象の内側へと誘導していく。

その円の大きさがサッカーボールほどか東京ドームほどか、はたまた塗りつぶす用具が〇・一ミリのグラフペンなのか巨大な刷毛《はけ》なのか、それがそもそも書き手にすら手探りであるかぎり、どちらの方法も完璧など不可能な、気の遠くなる作業であることには変わりない。

これは三十年以上も前、作家・庄司薫が佐伯彰一との対談で披露していた〈内包・外延論〉とやらの受け売りなのだが、このやや乱暴な分類にしたがうなら、この『世紀末の隣人』で著者・重松清が採っている方法が、どちらであるかは明らかだろう。そう、後者である。

当人の言葉を借りれば、

「書き手の本音としては、この〈寄り道〉と〈無駄足〉にこそ、こだわってみたかった。さらに深いところの本音を言うなら、ここに〈蛇足〉という言葉を加えてみてもいい」

「刑事でも探偵でもルポライターでもない読み物作家のぼくにできるのは、追跡ではなく、寄り道と無駄足を書き綴ること。ひとつの事件から解答を得るのではなく、問いかけを引き出すこと。『わからない』を『わかる』ための文章が書ければいいな、と思っている」

ということになる。

「初手から逃げ口上を打《ぶ》っている」どころか、事実と情況に突撃的に斬り込んで社会の不正と病理を暴き権力や強者に正義と良識の鉄槌《てっつい》を下してきた先輩ジャーナリストは、おまえはルポルタージュやノンフィクションを舐《な》めとんのか、と怒り狂うかもしれない。「自分の手は汚さず、だれも傷つけず、だから自分自身も傷つきたくない、そのくせいっぱしの社会派的ポーズやシニカルな屁理屈だけは顕示して、結局、責任を問われかねない結論は永久に先送りする相対主義世代作家の〈寄り道〉そのものの余技」くらいの罵声が飛んでこないともかぎらない。いや、誤解しないでほしい。ぼく自身もまた、そのテの罵声の受け手であるにちがいないのだ。

「解説者」が勝手にでっち上げた罵声の道連れにされる著者もたまったものではないが、今しばらく、ぼく自身の勝手な〈寄り道〉の道連れになっていただきたい。

そもそも著者が「逃げ口上」など打ってはいなかったことは、本書を読了し、ついでに拙文冒頭を読《よ》み齧《かじ》った読者には明らかなはずなのだが、さらにもうひと押し、側面からそれをフォローしておきたい。

実は著者の読み物は、フィクションであれノンフィクションであれ、いつだって〈寄り道〉や〈無駄足〉を究めることによって生成されているのだ。〈寄り道〉や〈無駄足〉そのものこそがテーマである、とさえ言っていいかもしれない。ただし、その〈寄り道芸〉の巧さが半端ではないがゆえに、まだ気づかない読者や評者も少なくないのかもしれないが。

「何をバカなことを。重松の小説は、その対象である同時代の個人や家族の現場に斬り込んで、彼らの内面を精緻な構成と筆致で描写しつくしているではないか。それのどこが〈寄り道〉なのだ」と訝《いぶか》る読者もいるだろうが、この場合の〈寄り道〉は、次元もスケールもややケタが違う。

たとえば、現時点での代表作と思われる『流星ワゴン』（これは版元・講談社にゴマをすっているわけではない）などは、まさしく全編が壮大な〈寄り道オデッセイ〉である。本書『世紀末の隣人』は「重松フィクション」とは微妙に読者層もズレるかもしれないので、未読の読者のためにあまり多くは語らないが、それはざっとこんな物語だった――

自身はリストラ寸前・家庭は崩壊寸前・父親は病死寸前の中年サラリーマンが、「もう死んでもいいや」と自殺寸前の崖っぷちに足をかけた瞬間、そこへ一台の謎のワゴン車が現れる。「その前にもうちょっと〈寄り道〉してみませんか」といった風情で（作中にそんな台詞《せりふ》があるわけじゃないのだが）。時空を超えた壮大な〈寄り道〉が始まる。主人公を乗せたワゴンは、時間線を遡《さかのぼ》って、彼自身の人生におけるさまざまなターニングポイントに〈寄り道〉していく。もしかしたら、そこから人生をやりなおせるかもしれない時間と場所に。ただのタイムトラベルSFなら、そこで一念発起した主人公が「歴史」を変えて、ついでにタイムパラドックスが起きちゃったりするところなのだが、どっこい重松小説はそれほど甘くはない。「もうかんべんしてやろうよ、この人だけのせいじゃないんだし」と作者に哀願したくなるほどの主人公の涙ぐましき悪戦苦闘も、すべては徒労に終わるのだ。解決にも救済にもたどり着けない永遠の〈寄り道〉と〈無駄足〉。シシュフォスの神話のごとき無《む》間《げん》地獄。予定調和の物語を求める読者たちの、いやます欲求不満……。

が、しかし、重松流〈寄り道芸〉の真骨頂は、実はここから始まるのだ。

〈寄り道〉と〈無駄足〉を重ねるほどに迷路にはまっていく主人公を、初めのうちは高みから冷ややかに観察していた読者も、いつの間にか主人公の道連れにされている。〈寄り道連れ〉になって主人公への感情移入の深みにはまり、もはや観客席に後戻りできない地点にまで「まんまと」誘い込まれてしまっている。長い〈寄り道〉と〈無駄足〉は、そのためのプロセスでもある。

円の外縁を、円周に無限に近づく円環を描きながら塗りつぶす〈寄り道〉の果てに、読者はぽっかりと空いた巨大な円の内側に囲い込まれ、放り出されてしまう。その目的を達してしまった物語は、カタルシスもカタストロフもないまま、静かに幕を閉じる。「空白の光明」だけを残して。

そして、気がつけば読者は、自分の大切な、しかしそれを半ば忘れかけていただれかに、思わず電話して訝しがられている自分を、発見したりもするのだ。退屈に思えた現実の真ん中で。

このような構造が、ややこじつけがましくはあっても、本稿冒頭の比喩や著者自身の言葉と相似形を描いていることは、もうおわかりいただけたと思う。本書に収められた十二編の〈寄り道・無駄足ノンフィクション〉では、物語の主人公の役回りを引き受けているのが著者自身である、というだけのことなのだ。

それがフィクションであれノンフィクションであれ、重松は重松。小器用に筆を使い分けているのではない。巷間《こうかん》に流布するイメージとは裏腹に、著者は無骨なまでに「読み物作家」(「書き物」ではない!)としての立ち位置を崩せない、けっして器用ではない書き手、いや、読ませ手なのだと思う。その「巧さ」は、むしろそんな無骨さに踏みとどまるためにこそ、作品に注ぎ込まれるのだ。

「ひとつの事件から解答を得るのではなく、問いかけを引き出すこと。『わからない』を『わかる』ための文章」という、ややキマりすぎの惹句《じゃっく》は、まさにそのためのマニフェストでもある。

「わからない」を「わかる」――情報化と価値相対化の時代、と今さら口に出すのも鼻白む時代を生き続けてきた人間にとって、実はこれほど受け容《う》れがたいことはない。この世界には「わからないことさえわからない」ような「わからない」ことが、わからないほど山ほどあるのだ、ということが、僕たちにはわからなくなっている。わからなくなっている、というより、わかりたくない。

〈不可解な事件〉が起きれば、さっそくコメンテーターたちが寄ってたかって事件を「わかりやすく」一刀両断してくれるし、ついでに、そんなわかりやすい〈俗情との結託〉を糾弾・粉砕すべく、その図式を一八〇度転倒させただけの、もう一つ別の「わかりやすさ」を用意してくれている。それぞれの「多様な価値観」に応じて、あらゆる「わかりやすさ」がショーウィンドウに並べられている。あとはコインを入れて、お好みのボタンを押すだけ。そんな時代に「『わからない』を『わかる』ための」——ちょっと言い換えてみれば「そう簡単に『わかった気にさせない』ための」——〈寄り道〉や〈無駄足〉を読み物にするためには、その「わからない」を一歩ずつ踏みしめていく熟練した〈寄り道芸〉や〈無駄足芸〉が必要になる。もっとマシな比喩があるとは思うのだが、たとえば「せっかちなオーガズムよりモヤモヤとじれったい愛撫や前戯の方がイイ」と思わせるような……。へたをすれば、やっている方がじれてしまい、堪えきれずにひと思いにイッちゃいたくもなるだろう。

ましてやサービス精神と想像力逞《たくま》しき物語の名手とくれば、二重の困難を背負っているとさえいえる。いや、「取材記者が集めてきたデータ原稿を、求められた分量やテイストに合わせて再構成し、一編の読み物に仕立てあげる仕事ばかり、今日に至るまでつづけている」アンカーマンには、三重の困難ですらあるかもしれない。

けれども結果的に、それらの困難・逆境は、著者にはむしろプラス方向に、より作用していたと思う。ともすれば（ともしなくても）わかりやすい〈俗情との結託〉を求められる女性週刊誌でのアンカーマン体験と、架空の市井《しせい》人たちの一筋縄ではいかない感情の起伏、葛藤、軋轢《あつれき》を想像力豊かに多彩に描き分ける作家体験が、むしろ「現実の〈多様な俗情〉を精緻に描き分ける」という、これまでのノンフィクションになかった手法と効果へと〝化学変化〟した、とでも言おうか。

それはノンフィクションの一流派を成す「クールな観察主義」や「ニュートラルな相対主義」といったものとは、似て非なるものだ。事件や世相に接したぼくたちの〈俗情〉とは、「義憤」やら「同情」やら「嫉妬」やらとマスコミがひとくくりにして煽《あお》ったり嘲《あざけ》ったりできるほど、単純ではないはずだ。でも、それが単純にひとくくりにされている限り、ぼくたちは安心して〈わかりやすい怪事件〉という他人事の観客をやっていられる。〈情報〉という言葉が「情けに報いる」と読めるのは、なかなか味わい深く象徴的だ。

そして、そんな〈寄り道〉の果てに読者が誘い込まれる場所は、ここでもまた、ぽっかりと空いた円の真ん中だったりする。それが〈読み物〉であるなら、その現場に最後まで残るべきなのは、やはり〈読み者〉なのだろう。

ただし今回の「円の真ん中」は、著者が意図的に準備した空間でもなく、現実に向かって開かれた出口でもない分だけ、あまり居心地のよろしいものではない。「事実は小説より奇なり」ならぬ「事実は小説より虚なり」なのだ。

〈寄り道〉〈読み物〉〈わからなさ〉に続く四つめのキーワードは、やはり〈隣人〉だ。

この言葉は、すでに両義的・逆説的なイメージを纏《まと》って久しい。

たとえばハリウッドでも、生半可な「隣人愛」を期待した主人公が、最後には隣人からとんでもない災厄を被るという、山ほどの不吉なホラー映画やコメディ映画がつくられている。『ネイバーズ（隣人たち）』『隣人は静かに笑う』（ちなみにこの映画のジェフ・ブリッジスは、映画史上最も不運な隣人を演じている）……。

本書のタイトルに打たれたこの言葉は、さらにそれに輪をかけて両義的かつ逆説的だ。重松フィクションの主舞台である〈家族〉が、またそうであるように。

本書に登場する十二人（いや、もっと多いのだが）を、あなたは〈隣人〉として歓迎したいだろうか……と訊き終える前に、きっとあなたは「ノー」と答える。でも、おかしな話だ。あなたの隣に実際に住むだれかより、いや、ひょっとするとあなたと同じ家に住むだれかよりさえ、あなたは十二人の彼ら／彼女らの人生やプライバシーを知り、さらにそれを望んだはずなのだから。

メディアが人と人をつなげたというのは、もちろん嘘だろう。メディアはただ〈隣人〉の意味を変質させ、だれもが〈隣人〉ではなく、だれもが〈隣人〉であるような、奇妙な時空間を出現させただけだ。

あなたがこの瞬間に「一番近しい隣人」と認めただれかも、くるりと背を向けるだけで、地球上で最も遠い四万キロメートル彼方へと飛び去ってしまう。逆に、あなたが「自分から最も遠い異人」と思う、思いたいだれかも、やはり振り向いてみれば、いつもあなたの隣にいるのかもしれない。

著者はそんな「奇妙な時空間」を逆手にとって、文字通り言葉巧みに、あなたを〈寄り道〉や〈無駄足〉に付き合わせ、いつの間にか「十二人」の隣へと誘導していたのだ。おそらく〈追跡〉や〈突撃〉では、そうはいかない。

直木賞受賞第一作に、このようなタイトルを戴くルポルタージュ作品に著者が挑んだのは、〈読み物作家〉としての、あるいは〈現役フリーライター〉としての矜持でもなければ、もちろん奇を衒《てら》った差異化でもなく、むしろ自然な流れだったのだと思う。「あなたのそばにいる人に、背を向けるのか、それとも向き合うのか」を、僕たちに、あの手この手で、問いかけ続けている著者にとっては。

この作品は、「現代」二〇〇〇年一～十二月号掲載の「世紀末の十二人の隣人」に大幅加筆のうえ、二〇〇一年二月に『隣人』として小社より刊行されたものです。文庫化にあたり改題しました。

目次写真　鈴木正博―一二五ページ
真弓　準―一九一ページ
山岸朋央―一〇三ページ
渡部純一―一四七、二三七、二五九ページ
共同通信―一三、八一、一六九、二二五ページ

JASRAC　出0314883-508

|著者|重松 清　1963年岡山県生まれ。早稲田大学教育学部卒。出版社勤務を経て、執筆活動に入る。1999年『ナイフ』で第14回坪田譲治文学賞、『エイジ』で第12回山本周五郎賞、2001年『ビタミンＦ』で第124回直木賞受賞。話題作を次々発表するかたわら、ライターとしても、ルポルタージュやインタビューなどを手がける。他の著書に『定年ゴジラ』『半パン・デイズ』『流星ワゴン』『きよしこ』『トワイライト』『疾走』『お父さんエラい！』『愛妻日記』『ニッポンの課長』『卒業』『教育とはなんだ』『最後の言葉』『いとしのヒナゴン』などがある。

世紀末《せいきまつ》の隣人《りんじん》

重松《しげまつ》 清《きよし》

2003年12月15日第１刷発行
2005年４月20日第８刷発行

発行者――野間佐和子

発行所――株式会社 講談社

東京都文京区音羽2-12-21　〒112-8001

電話 出版部 (03) 5395-3510
販売部 (03) 5395-5817
業務部 (03) 5395-3615

Printed in Japan

講談社文庫

定価はカバーに
表示してあります

デザイン―菊地信義
製版――大日本印刷株式会社
印刷――大日本印刷株式会社
製本――株式会社千曲堂

落丁本・乱丁本は購入書店名を明記のうえ、小社業務部あてにお送りください。送料は小社負担にてお取替えします。なお、この本の内容についてのお問い合わせは文庫出版部あてにお願いいたします。

ISBN4-06-273912-7

講談社文庫刊行の辞

二十一世紀の到来を目睫に望みながら、われわれはいま、人類史上かつて例を見ない巨大な転換期をむかえようとしている。

世界も、日本も、激動の予兆に対する期待とおののきを内に蔵して、未知の時代に歩み入ろうとしている。このときにあたり、創業の人野間清治の「ナショナル・エデュケイター」への志を現代に甦らせようと意図して、われわれはここに古今の文芸作品はいうまでもなく、ひろく人文・社会・自然の諸科学から東西の名著を網羅する、新しい綜合文庫の発刊を決意した。

激動の転換期はまた断絶の時代である。われわれは戦後二十五年間の出版文化のありかたへの深い反省をこめて、この断絶の時代にあえて人間的な持続を求めようとする。いたずらに浮薄な商業主義のあだ花を追い求めることなく、長期にわたって良書に生命をあたえようとつとめるところにしか、今後の出版文化の真の繁栄はあり得ないと信じるからである。

同時にわれわれはこの綜合文庫の刊行を通じて、人文・社会・自然の諸科学が、結局人間の学にほかならないことを立証しようと願っている。かつて知識とは、「汝自身を知る」ことにつきていた。現代社会の瑣末な情報の氾濫のなかから、力強い知識の源泉を掘り起し、技術文明のただなかに、生きた人間の姿を復活させること。それこそわれわれの切なる希求である。

われわれは権威に盲従せず、俗流に媚びることなく、渾然一体となって日本の「草の根」をかたちづくる若く新しい世代の人々に、心をこめてこの新しい綜合文庫をおくり届けたい。それは知識の泉であるとともに感受性のふるさとであり、もっとも有機的に組織され、社会に開かれた万人のための大学をめざしている。大方の支援と協力を衷心より切望してやまない。

一九七一年七月

野間省一

講談社文庫　目録

島村洋子　家族善哉
仁賀克雄　切り裂きジャック〈闇に消えた殺人鬼の新事実〉
島本理生　シルエット
杉本苑子　孤愁の岸(上)(下)
杉本苑子　引越し大名の笑い
杉本苑子　汚名
杉本苑子　女人古寺巡礼
杉本苑子　利休破調の悲劇
杉本苑子　江戸を生きる
杉本苑子　風の群像〈小説・足利尊氏〉(上)(下)
杉本苑子　私家版かげろふ日記
杉田　望　金融夜光虫
鈴木輝一郎　美男忠臣蔵
末永直海　浮かれ桜
瀬戸内晴美　かの子撩乱
瀬戸内晴美(寂聴)　かの子撩乱その後
瀬戸内晴美　京まんだら(上)(下)
瀬戸内晴美　彼女の夫たち(上)(下)
瀬戸内晴美　蜜と毒
瀬戸内寂聴　寂庵説法
瀬戸内寂聴　新寂庵説法 愛なくば
瀬戸内晴美　家族物語(上)(下)
瀬戸内寂聴　生きるよろこび〈寂聴随想〉
瀬戸内寂聴　寂聴天台寺好日
瀬戸内寂聴　人が好き［私の履歴書］
瀬戸内寂聴　渇く
瀬戸内寂聴　白道
瀬戸内寂聴　「源氏物語」を旅しよう〈古典を歩く4〉
瀬戸内寂聴　いのち発見
瀬戸内寂聴　無常を生きる〈寂聴随想〉
瀬戸内寂聴　わかれば『源氏』はおもしろい〈寂聴対談集〉
瀬戸内寂聴　寂聴相談室 人生道しるべ
瀬戸内寂聴　花芯
瀬戸内晴美編　人類愛に捧げた生涯〈人物近代女性史〉
梅原　猛／瀬戸内寂聴　寂聴・猛の強く生きる心
関川夏央　よい病院とはなにか〈病むことと老いること〉
関川夏央　水の中の八月
関川夏央　中年シングル生活
関川夏央　やむにやまれず
先崎　学　フフフの歩
妹尾河童　少年H(上)(下)
妹尾河童　河童が覗いたインド
妹尾河童　河童が覗いたヨーロッパ
妹尾河童　河童が覗いたニッポン
妹尾河童／野坂昭如　少年Hと少年A
清涼院流水　コズミック流
清涼院流水　ジョーカー清
清涼院流水　ジョーカー涼
清涼院流水　コズミック水
清涼院流水　カーニバル一輪の花
清涼院流水　カーニバル二輪の草
清涼院流水　カーニバル三輪の層
清涼院流水　カーニバル四輪の牛
清涼院流水　カーニバル五輪の書
清涼院流水　秘密屋文庫 知ってる怪
曽野綾子　幸福という名の不幸(上)(下)
曽野綾子　無名碑(上)(下)

高杉　良　小説ザ・外資
高杉　良　銀行大統合〈小説みずほFG〉
竹本健治　ウロボロスの偽書(上)(下)
高橋源一郎　日本文学盛衰史
高橋克彦　写楽殺人事件
高橋克彦　悪魔のトリル
高橋克彦　総門谷
高橋克彦　北斎殺人事件
高橋克彦　歌麿殺贋《さつがん》事件
高橋克彦　バンドネオンの豹《ジャガー》
高橋克彦　蒼《あお》夜《や》叉《しゃ》
高橋克彦　広重殺人事件
高橋克彦　北斎の罪
高橋克彦　総門谷R 阿黒篇
高橋克彦　総門谷R 鵺(ぬえ)篇
高橋克彦　総門谷R 小町変妖篇
高橋克彦　1999年〈対談集〉
高橋克彦　星封陣
高橋克彦　炎《ほむら》立つ 壱 北の埋み火

高橋克彦　炎立つ 弐 燃える北天
高橋克彦　炎立つ 参 空への炎
高橋克彦　炎立つ 四 冥き稲妻
高橋克彦　炎立つ 伍 光彩楽土〈全五巻〉
高橋克彦　白妖鬼
高橋克彦　書斎からの空飛ぶ円盤
高橋克彦　降魔王
高橋克彦　鬼
高橋克彦　火怨〈北の燿星アテルイ〉(上)(下)
高橋克彦　時宗 壱 乱星
高橋克彦　時宗 弐 連星
高橋克彦　時宗 参 震星
高橋克彦　時宗 四 戦星〈全四巻〉
高橋克彦　京伝怪異帖 巻の上 巻の下
高橋克彦　天を衝く(1)〜(3)
高橋　治　男波女波(上)(下)〈放浪一本釣り〉
高橋　治　星の衣
高樹のぶ子　氷炎
高樹のぶ子　蔦燃

高樹のぶ子　妖しい風景
高樹のぶ子　エフェソス白恋
高樹のぶ子　満水子(上)(下)
田中芳樹　創竜伝1〈超能力四兄弟《ドラゴン》〉
田中芳樹　創竜伝2〈摩天楼の四兄弟《ドラゴン》〉
田中芳樹　創竜伝3〈逆襲の四兄弟《ドラゴン》〉
田中芳樹　創竜伝4〈四兄弟《ドラゴン》脱出行〉
田中芳樹　創竜伝5〈蜃気楼都市《ミラージュ・シティ》〉
田中芳樹　創竜伝6〈染血の夢《ブラッディ・ドリーム》〉
田中芳樹　創竜伝7〈黄土のドラゴン〉
田中芳樹　創竜伝8〈仙境のドラゴン〉
田中芳樹　創竜伝9〈妖世紀のドラゴン〉
田中芳樹　創竜伝10〈大英帝国最後の日〉
田中芳樹　創竜伝11〈銀月王伝奇〉
田中芳樹　創竜伝12〈竜王風雲録〉
田中芳樹　魔天楼〈薬師寺涼子の怪奇事件簿〉
田中芳樹　東京ナイトメア〈薬師寺涼子の怪奇事件簿〉
田中芳樹　巴《パ》里・妖都変〈薬師寺涼子の怪奇事件簿〉
田中芳樹　西風の戦記《ゼピュロシア・サーガ》

田中芳樹　夏の魔術
田中芳樹　窓辺には夜の歌
田中芳樹　書物の森でつまずいて……
田中芳樹　白い迷宮
田中芳樹／土屋守　「イギリス病」のすすめ
田中芳樹ほか文／皇名月画・文　中国帝王図
田中芳樹／赤城毅　中欧怪奇紀行
高任和夫　架空取引
高任和夫　依願退職〈愉しい自立のすすめ〉
高任和夫　粉飾決算
高任和夫　告発倒産
高任和夫　商社審査部25時〈知られざる戦士たち〉
谷村志穂　十四歳のエンゲージ
谷村志穂　十六歳たちの夜
谷村志穂　レッスンズ
高村薫　李歐《りおう》
高村薫　マークスの山(上)(下)
多和田葉子　犬婿入り
岳宏一郎　蓮如夏の嵐(上)(下)

武豊　この馬に聞いた！
武豊　この馬に聞いた！最後の1ハロン
武豊　この馬に聞いた！フランス激闘編
武豊　この馬に聞いた！炎の復活凱旋編
武豊　この馬に聞いた！1番人気編
武田圭　南海楽園〈タヒチ、バリ、モルジブ……サーフィン一人旅〉
高橋直樹　湖賊の風
橘蓮二　狂言の自由〈茂山逸平写真集〉
橘蓮二／吉川潮　高座の七人〈当世人気噺家写真集〉
橘蓮二／監修・高田文夫　大増補版おあとがよろしいようで〈東京寄席往来〉
高木幹夫／日能研　自分の子どもは自分で守れ〈「学力」ってなんだろう　日能研はこう考える〉
多田容子　双眼
多田容子　柳影
多田容子　やみとり屋
田島優子　女検事ほど面白い仕事はない
高田崇史　QED〈百人一首の呪《しゅ》〉
高田崇史　QED〈六歌仙の暗号〉
高田崇史　QED〈ベイカー街の問題〉
高田崇史　QED〈東照宮の怨〉

高田崇史　QED〈式の密室〉
高田崇史　試験に出るパズル〈千葉千波の事件日記〉
竹内玲子　笑うニューヨーク DELUXE
竹内玲子　笑うニューヨーク DYNAMITE
竹内玲子　笑うニューヨーク DANGER
高世仁　拉致〈北朝鮮の国家犯罪〉
田中秀征　梅の花咲く〈決断の人・高杉晋作〉
団鬼六　外道の女
立石勝規　田中角栄・真紀子の「税金逃走」
高野和明　13階段
大道珠貴　背く子
陳舜臣　阿片戦争 全三冊
陳舜臣　中国五千年(上)(下)
陳舜臣　中国の歴史 全七冊
陳舜臣　小説十八史略 全六冊
陳舜臣　琉球の風 全三冊
陳舜臣　中国詩人伝
陳舜臣　山河在り(上)(中)(下)
千野隆司　逃亡者

講談社文庫　目録

張《チャン》仁《イン》淑《スク》　凍れる河を超えて(上)(下)
津村節子　智恵子飛ぶ
津本　陽　塚原卜伝十二番勝負
津本　陽　拳豪伝
津本　陽　修羅の剣(上)(下)
津本　陽　勝つ極意 生きる極意
津本　陽　下天は夢か 全四冊
津本　陽　鎮西八郎為朝
津本　陽　幕末剣客伝
津本　陽　武田信玄 全三冊
津本　陽　乱世、夢幻の如し(上)(下)
津本　陽　前田利家 全三冊
津本　陽　加賀百万石
津本　陽　真田忍侠記(上)(下)
津本　陽　勇《ゆう》のこと〈坂本龍馬、西郷隆盛が示した変革期の生き方〉
津本　陽　歴史に学ぶ
津本　陽　おおとりは空に
津本陽／童門冬二　徳川吉宗の人間学〈変革期のリーダーシップを語る〉
津本陽／江坂彰　信長 秀吉 家康〈勝者の条件 敗者の条件〉

津村秀介　東北線殺人事件〈久慈・熱海殺人ルート〉
津村秀介　伊豆の朝凪《あさなぎ》〈米沢着15時27分の死者〉
津村秀介　宍道湖《しんじこ》殺人事件
津村秀介　洞爺湖殺人事件
津村秀介　水戸の偽証〈三島着10時31分の死者〉
弦本將裕　12動物60分類 完全版 マスコット占い
津原泰水監修　エロティシズム12幻想
津原泰水監修　血の12幻想
津原泰水監修　十二宮12幻想
司城志朗　心はいつも荒野
司城志朗　秋と黄昏の殺人
土屋賢二　哲学者かく笑えり
塚本青史　呂后
塚本青史　王莽
土屋　守　イギリス・カントリー四季物語〈My Country Diary〉
辻原　登　百合の心・黒髪 その他の短編
出久根達郎　佃島ふたり書房
出久根達郎　たとえばの楽しみ
出久根達郎　おんな飛脚人

出久根達郎　いつのまにやら本の虫
出久根達郎　御書物同心日記
出久根達郎　続 御書物同心日記
出久根達郎　土龍《もぐら》
出久根達郎　漱石先生の手紙
出久根達郎　俥宿《くるまやど》
出久根達郎　二十歳のあとさき
ドウス昌代　イサム・ノグチ(上)(下)〈宿命の越境者〉
童門冬二　水戸黄門異聞
藤堂志津子　マドンナのごとく
藤堂志津子　あの日、あなたは
藤堂志津子　さりげなく、私
藤堂志津子　きららの指輪たち
藤堂志津子　蛍姫
藤堂志津子　プワゾン
藤堂志津子　目《め》醒《ざ》め
藤堂志津子　彼のこと
藤堂志津子　絹のまなざし
藤堂志津子　せつない時間

2005年3月15日現在